文豪ストレイドッグス

DEAD APPLE（デッドアップル）

作／文豪ストレイドッグスDA製作委員会
著／岩畑ヒロ

20820
角川ビーンズ文庫

【目次】

本文イラスト／銃爺

プロローグ

ヨコハマ裏社会史上、最も死体が生産された八八日。
あらゆる組織を巻き込んで吹《ふ》き荒《あ》れた血嵐《けつらん》、龍頭抗争《りゅうずこうそう》。
——その終結前夜。

赤い満月が空に浮《う》いていた。

枯《か》れ葉が風に乗り、道路に落ちる。

重く伸し掛《か》かるような空気の下で、ポートマフィアの下級構成員である織田作之助《おださくのすけ》は小走りに目標地点に向かっていた。

路地裏からは銃声《じゅうせい》が聞こえてくる。織田作自身も、手には拳銃《けんじゅう》を構え、油断なく周囲を見回していた。

曲がり角を抜《ぬ》けると、煉瓦《れんが》造りの古く小汚《こぎたな》い建物が目に入る。血の臭気《しゅうき》が漂《ただよ》っていた。

うんざりだな。織田作は小さくため息をつく。右を向いても左を向いても死体の山だ。

いずれの死体の手にも銃があり、薬莢《やっきょう》が大量に転がっていた。どこかの構成員が銃撃戦《じゅうげきせん》を繰《く》り広げたのだろう。

「……？」

ふと、織田作の耳に引っかかるものがあった。こんな暗澹《あんたん》たる夜には似つかわしくない声だ。

迷っている暇《ひま》はない。

逆方向であることも気にせず、織田作は道路を駆《か》け、〝声〟のしたほうに近付く。

辿《たど》り着いたさきには横転した車があった。車から投げ出されたのか、近くに人が倒《たお》れている。

駆け寄った織田作は銃をホルスターにしまい、倒れている二人を確認《かくにん》した。

おそらく夫婦《ふうふ》なのだろう。夫らしき男は、家族を庇《かば》うように覆《おお》い被《かぶ》さっていた。武装はしておらず、服装からも抗争に巻き込まれただけの一般人《いっぱん》に見える。流れ弾《だま》に当たったのか、夫婦はどちらも絶命していた。

けれど、夫婦が二人で守ったおかげで、子供だけは助かったようだ。

幼い少女が泣き声をあげる。織田作が聞きとめた声だ。

織田作は少女を抱《だ》き上げ、怪我《けが》がないか確かめた。奇跡《きせき》的に軽傷しか負っていない。服の裾《すそ》からこぼれたハンカチーフに、幼い字で「咲楽《さくら》」と名が記されているのが見えた。

「こんな状況《じょうきょう》で生きてるとは、運がいいな」

呟《つぶや》くと同時に、耳障《みみざわ》りな雑音がイヤホンから流れて来た。続けて、親友の自分を呼ぶ声が聞こえる。『――織田作』

急に繋《つな》がった通信に、織田作の眼差《まなざ》しが鋭《するど》くなった。太宰《だざい》、どこだと低い声で呼びかける。

太宰が早口で告げてきた。『何してるのか大体察しがつくけど、早く逃《に》げろ。そこもすぐ危険になる――』

ザザ、と雑音が混じる。もう一方からの通信が割り込んできた。

『引っ込んでろ、サンピン！』

太宰とは違《ちが》う新たな声に、織田作が視線を上げる。

直後、背後から豪速《ごうそく》で走ってきた単車が織田作を追い抜いた。

単車を運転するのは特徴的《とくちょう》な黒帽子《ぼうし》の男。さきほど、太宰と織田作の会話に割り込んだ通信の相手だ。ポートマフィア幹部候補、中原中也《なかはらちゅうや》。中也は小柄《こがら》な体格に似合わず、乱暴にスロットルを回して速度を上げる。中也のインカムから、ふざけたような軽い声が聞こえた。太宰だ。

『ハーイ、中也。敵の射程距離《しゃていきょり》に入ったから、弾受《たま》けて死んでね』

「うるせえ！」中也が太宰を怒鳴《どな》り飛ばす。ちらりと視線を上げれば、太宰の云《い》う通り、自分を狙《ねら》う弾が見えた。ＲＰＧ７――厚い装甲《そうこう》を撃《う》ち抜く威力《いりょく》を持つ、対戦車榴弾《りゅうだん》だ。人間相手とは思えない。随分物騒《ずいぶんぶっそう》なものを使う。

榴弾が中也めがけて落ちてくる。

中也は巧《たく》みに体重移動をして単車を操《あやつ》り、弾を避《よ》けた。ぎりぎりまで単車を倒したため、単車のペダルが道路に擦《こす》れて火花を散らす。弾は間一髪《かんいっぱつ》で中也の左肩《ひだりかた》をすりぬけていき、道路を爆破《ばくは》した。

続けて二発目。中也が一発目の弾を躱《かわ》すと読んでいたのか、逃げ道の進行方向に撃たれている。榴弾が中也の前方で爆発した。

けれど、これも中也は寸前でかいくぐる。そこへ、更《さら》に榴弾が襲《おそ》った。

三度の爆発。爆風。

路面が抉《えぐ》れ、礫《つぶて》が飛び散り、白煙《はくえん》が上がる。普通《ふつう》ならば絶対に逃げられない。しかし。

もうもうと立ち込める煙《けむり》の中から、中也は悠々《ゆうゆう》と単車を走らせ現れた。

実際、榴弾の着弾地点は中也にとって間違いなく通過予定地だった。一発目や二発目のように場所をずらすことはできない。なら、どうすれば良いか。——中也は時間をずらしたのだ。弾速から着弾の瞬間《しゅんかん》を即座《そくざ》に予想し、あえて速度を下げた。そうすれば、直撃《ちょくげき》することはない。着弾後の爆風のあおりをまともに受けるが、中也ならエンジンと単車の重量とを使って押さえつけることができる。一瞬で弾道と弾速を読み切る観察力、動体視力、計算能力、そしてレーサーじみた手腕《しゅわん》で単車を操る器用さがあるからこそできることだ。

硝煙《しょうえん》の匂《にお》いを浴びながら、中也は車輪を路面に滑《すべ》らせる。

銃器では歯が立たない。敵はそう思ったのか、新たな攻撃手《こうげき》が現れる。県庁のとなりにあるビルの屋上から、仮面の男が中也を見下ろしていたのだ。

仮面の男が手を上げた途端《とたん》、輝《かがや》く雷電《らいでん》が夜空に走る。

男の手が振《ふ》り下ろされ、稲妻《いなずま》が中也を襲った。

「チッ、クソ能力者か！」

舌打ちして毒づく中也を、異能によって生み出された雷《かみなり》が地面を削《けず》りながら追いかける。

車体を右に傾《かたむ》けて曲がろうとするが、さらに増えた雷光に囲まれた。高威力、広範囲《こうはんい》、複数攻撃——。仮面の男は、人間とは思えないほど強い異能を持っている。

雷の閃光《せんこう》が走り、地面が陥没《かんぼつ》した。

土煙《つちけむり》が上がり、中也の姿もかき消される。

雷が直撃したように見えた、次の瞬間。

煙の中から、中也の単車が県庁の壁を上って走り出した。

空冷エンジンが唸《うな》りを上げる。車輪が壁面《へきめん》に擦れて焼け焦《こ》げる。

重力で落下するはずの単車は、決して落ちない。

垂直に上る単車を能力者の電撃が狙った。だが、中也は更に速度を上げてそれらを悉《ことごと》く避ける。

県庁を上りきって屋上に到達《とうたつ》した中也は、となりのビルの屋上に立つ仮面の男を睨《にら》みつけた。

「調子に乗りやがって」吐《は》き捨てて、さらにエンジンを噴《ふ》かせる。目指すのは、仮面の男が立つ場所だ。

仮面の男が撃ち続ける電撃を躱し、すりぬけ、渡《わた》り廊《ろう》下《か》の屋根を通る。アクセルを緩《ゆる》めず、辿り着いたとなりのビルの壁面を、ふたたび垂直に上っていく！

上りきったところで、単車を空に躍《おど》らせた。

タイヤが回転し、唸りをあげて屋上に着地する。仮面の男が立っているのと、おなじ屋上だ。

中也は勢いのついた車体を屋上のタイルに滑らせ、速度を殺す。後輪とタイルが擦れあい、耳障りな音が響《ひび》いた。

スピンしながら止まる単車に、仮面の能力者が続けざまに電撃を放つ。単車のエンジン部に稲妻が落とされる。

爆裂音《ばくれつ》が屋上に響いた。

「…………」

激しい爆風は、近くにいた太宰にも届いていた。実は太宰は、ずっと仮面の男とおなじ場所に居たのだ。さびれたビルの屋上に、爆発した単車の部品が転がっていくのが見える。

敵に捕《つか》まり連れてこられた太宰の手には、手錠《てじょう》が嵌《は》められていた。両腕《りょううで》には包帯、口もとには殴《なぐ》られた痣《あざ》があり、薄《うす》く血がにじんでいる。右目にも腕と同様に包帯が巻かれており、太宰の表情は見えづらい。

背後に立つ監視《かんし》の目を感じつつ、太宰は仕込んだ隠《かく》しマイクに、ぽつりと呟いた。「雷に打たれて死んでたら面白《おもしろ》かったのに」

「ぶっ殺すぞ」太宰の視線を受けながら、爆炎《ばくえん》を吹き飛ばして中也が不機嫌《ふきげん》そうに現れた。

爆破に巻き込まれたはずだというのに、中也には傷ひとつない。

しかし太宰は驚《おどろ》く様子もない。五分の遅刻《ちこく》だ、と中也に告げてから、背後にいた監視員を蹴《け》り飛ばした。監視員が、一撃で意識を手放す。

「おかげで三発余計に殴られた」監視員を倒し、自由の身となった太宰は軽口を叩《たた》く。

中也が唇《くちびる》を歪《ゆが》めた。「ついでだ。俺が殴り殺してやろうか」

「君が殺すのは私じゃない」あっさりと告げ、太宰は両手の手錠を外す。

最初から、わざと捕まっていただけだ。監視員を倒すのも手錠を外すのも、太宰にとっては容易《たやす》いことだった。

悠然と歩きだした二人のもとへ、仮面の男達が集まってくる。どうやら、まだ敵がいたようだ。

「ゴミがぞろぞろと……」

「ちゃっちゃとやっちゃって。想定内でしょ」

顔をしかめる中也に、太宰が面倒《めんどう》くさそうに云った。

あ？　と、太宰に切れそうになったところで、中也は自分に近付いてくる能力者の姿に気付く。電撃を腕に纏《まと》わせる仮面の男。さきほど、中也をつけねらってきた相手だ。

「……そう云やあ、手前《テメエ》には借りがあったな」殺気をこめた眼差しで、中也は雷の能力者を睨みつける。

強い衝撃《しょうげき》が屋上を襲った。

圧殺。

砂埃《すなぼこり》が舞《ま》い、仮面の男をふくめた死体が屋上を埋《う》め尽《つ》くす。――異能を使ったのだ。

単車を垂直に上らせたのも、爆炎を吹《ふ》き飛ばしたのも、すべて中也の異能によるものだった。

中也は自ら作った死体の山を一瞥《いちべつ》もせず、太宰とビルの内部に進む。目指す男は、ビルの中にいる筈《はず》だった。

非常階段を通って入ったビル内部は、随分《ずいぶん》と荒《あ》れ果てていた。

廊下には埃が溜《た》まり、鼠《ねずみ》の走った跡《あと》がある。人の気配がする方に向かうと、広い部屋の隅《すみ》に事務机や棚《たな》が積み上げられていた。電話のコードが千切れ、蛍光灯《けいこうとう》が点滅《てんめつ》する。重要そうな証券類も、雑多な書類とともにあたりに打ち捨てられていた。

部屋の中央には、天幕のような不審《ふしん》な空間が広がっている。

中也達が探しに来た目当ての人物は、そのなかに座って居た。

彼はうつむきながらぶつぶつと呟《つぶや》き、火を熾《おこ》したバケツに何かを投げ込んでいる。

「──手に入る、手に入らない、手に入る、手に入らない……」

花占《はなうらな》いにも似た言葉。ただし、千切っているのは花弁ではなく札束や有価証券。さらには光り輝く宝石だ。

「手に入る、手に入らない、手に入る、手に入らない──」

札束が燃える。有価証券が千切れる。宝石が炎に呑《の》まれていく。

太宰が石を見て呟《つぶや》いた。「あれ全部、本物の宝石だ……あ、今のは五千万」

硬質《こうしつ》な音を立て、大ぶりな宝石が焚火《たきび》に投げ込まれる。

「──……手に入らない」それが最後のひとつだったのか、男が吐息《といき》をついた。「こんな占いばかり当たってもまったく嬉《うれ》しくない。組織など編んでみても、やはり欲しいものは手に入らぬか」

男が顎《あご》の下で手を組み、その顔が炎に照らされる。

白い膚《はだ》に背中まで流れる白い髪《かみ》。髪の一部は編み込んで垂らしている。美しい容貌《ようぼう》のなか、毒々しい赤の瞳《ひとみ》が印象的だ。

澁澤龍彦《しぶさわたつひこ》。

この男を殺せば、龍頭抗争《りゅうずこうそう》は終結する。

すべての災禍《さいか》の原因とも云《い》える存在を前にして、中也が一歩進み出た。静かな声で云う。

「……俺の仲間を返せ」

その声で、ようやく中也達の存在に気付いたように、澁澤が顔を上げた。

「ようこそ、退屈《たいくつ》なお客人」無感動な眼差《まなざ》しを澁澤は向ける。「どうせ君達も私の欲《ほっ》するものを与《あた》えられはしない……早々に死にたまえ、彼らのように」

澁澤の背後から、ゆっくりと霧《きり》が立ち上る。その足元には、何かが転がっていた。

中也がそれに気付き、目を見開く。

床《ゆか》に転がされていたのは、中也の仲間達。行方《ゆくえ》不明になっていた六人全員だった。

全員、瞳孔《どうこう》が開ききっており、ぴくりとも動かない。

すでに絶命していることは明らかだった。

澁澤が告げる。

「君の友人はみな自殺したよ。退屈な人間は死んでも退屈だ」

「てめえ！」

怒《いか》りで目の前が見えなくなる。中也の顔に赤い異能痕《こん》が走った。強く握《にぎ》りしめた拳《こぶし》が震《ふる》え、手袋《てぶくろ》が弾《はじ》け飛ぶ。あらわになった腕にまで、異能痕は広がっていた。暴れる心が求めるままに、中也は異能を解放する。

風が起こり、中也の髪が揺《ゆ》らめいた。

「止めるなよ」中也は短く太宰に告げて、澁澤と向かい合う。

「やれやれ……」ため息まじりに、太宰が後ろにさがった。「〝陰鬱《いんうつ》なる汚濁《おぢよく》〟……か」

中也の異能が暴走を始める。

絶叫《ぜつきよう》。咆哮《ほうこう》。轟音《ごうおん》。

ありとあらゆる音をあげ、ビルがまるごと破壊《はかい》される。

衝撃波が大気を揺るがし、破片《はへん》が砲弾《ほうだん》のように飛び散った。

「――……」

惨憺《さんたん》たる様相を見せる現場を、遠くから眺《なが》める男が居た。

肩《かた》まで伸《の》びた黒髪と紫水晶《むらさきずいしょう》のような瞳を月光が照らす。外套《がいとう》が、風に大きくはためいた。

ふっ、と無邪気《むじゃき》な笑《え》みをこぼし、底の知れない表情を浮《う》かべて、男――フョードルは、誰《だれ》にともなく独り言《ご》ちる。繊細《せんさい》な指が、音楽を奏《かな》でるように空を滑《すべ》った。

「……楽しすぎるね」


銃弾《じゅうだん》が降る。砲声が響く。路面《アスファルト》が抉《えぐ》れ、血塵《けつじん》が散る。

哄笑《こうしょう》と悲鳴が飛び交《か》い、怨嗟《えんさ》の声が街を蝕《むしば》む。

数多《あまた》の命を奪《うば》い、夥《おびただ》しい惨劇を生んだ龍頭抗争。

五千億円という大金をきっかけに始まった抗争は、ヨコハマ全土を戦場へと変えた。

ある者達は双黒《そうこく》として戦いに身をやつし、ある者達は戦いで肉親を喪《うしな》って路頭に迷い、ある者は、のちに、迷子《まよいご》達を引き取ることとした、血なまぐさい戦い。

それから六年後。

――龍は、眠《ねむ》りから目覚めようとしていた――。

夜々白雪

第一章

1―1

出航を知らせる汽笛が港に響《ひび》きわたった。

強い日差しが吊《つ》り橋と海面に反射する。潮風がそよぎ、鷗《かもめ》が鳴き声をあげて飛んでいく。

遠くで清らかな鐘《かね》の鳴る音がしていた。

近代的な高層ビルと重厚《じゅうこう》な煉瓦《れんが》造りの建物とが混在する港湾《こうわん》都市・ヨコハマ。

そのヨコハマの街を見下ろす丘《おか》で、中島敦《なかじまあつし》はきょろきょろと何かを捜《さが》すようにあたりを見回した。階段を下りる途中《とちゅう》で、ふと立ち止まる。見つめるのは、緑にかこまれた墓地だ。

「こんな場所あったんだ……」

まだ数年しか経《た》っていないのだろう。整然と並ぶ無数の白い墓石が太陽に照らされて橙色《だいだいいろ》に輝《かがや》く。感心と驚《おどろ》きを込めて、敦は茫然《ぼうぜん》と呟いた。が、すぐに視界の端《はし》に目当ての存在がいることに気付き、慌《あわ》てて近寄る。

砂色の長外套に、ぼさぼさの黒い蓬髪《ほうはつ》。首と手に巻いた包帯が印象的な男は、墓石に凭《もた》れかかるようにして寝《ね》そべり、空をぼんやりと見上げていた。

太宰治《おさむ》。敦にとって〝居場所〟を与えてくれた恩人であり、武装探偵《たんてい》社の先輩《せんぱい》。そして捜していた人物だ。

だが、敦は太宰に声を掛《か》けるまえに一旦《いったん》立ち止まり、そっと墓に向かって手を合わせる。

太宰が、不意に声をあげた。「……誰のお墓か判《わか》っているのかい？」

静かに問われ、敦はきょとんとした顔で答える。

「いえ……でも太宰さんにとって大事な人なんですよね？」

ちらりと墓石に目を向けると、『S. ODA』の文字が見えた。其《そ》れが誰なのか、敦には判らない。ただ、確信があった。この墓に眠る人は、太宰さんにとって大事な存在なのだ、と。

即答《そくとう》した敦に、太宰は薄笑《うすわら》いを浮かべて問いかけてきた。「……何故《なぜ》そう思う？」

「太宰さんがお墓参りなんて初めて見ますから」

「これがお墓参りしてるように見えるかい？」

おどけたように太宰に云われ、敦は瞬《まばた》きをする。何を云いだすのだろう。

たしかに、墓石に頭を凭れさせる姿は、一般《いっぱん》的な墓参りの様子とは大きく異なる。けれど敦からすれば瞭然《りょうぜん》だ。疑う余地もない。墓参りか、否《いな》か？——当然、墓参りだ。

だから敦は問われた意味が判らず、こくりと頷《うなず》いて答える。「見えますけど……」素直《すなお》な気持ちだった。

一点の曇《くも》りもない敦の言葉に、太宰が僅《わず》かに瞠目《どうもく》する。

やがて、無言のまま、ゆっくりと微笑《ほほえ》んだ。

太宰は四年前の情景を思い出していた。

朽《く》ちた洋館の広大な舞踏室《ぶとうしつ》。埃《ほこり》と血に塗《まみ》れた場所での記憶《きおく》だ。

『人を救う側になれ……どちらも同じなら、佳《よ》い人間になれ。弱者を救い、孤児《こじ》を守れ……正義も悪も、どちらもお前には大差ないだろうが……そのほうが、幾分《いくぶん》かは素敵《すてき》だ』

「――……」

友の最期《さいご》の言葉を思い出し、太宰は表情の消えた顔で自らの手を見詰《みつ》める。その横顔からは感情が窺《うかが》えない。


「もしかして」ぼんやりと何かを考えているような太宰に、敦は声をかける。「太宰さんの好きな人だった、とか？」

「好きな女性だったら一緒《いっしょ》に死んでるよ」

「ま、太宰さんならそうか」

思わず納得《なっとく》して呟《つぶや》くと、いつの間にか立ち上がった太宰が、敦のほうを向いた。

「なにか云《い》った？」

「いえ、べつに……」

「……友人だ」

視線を逸《そ》らした敦に、太宰は、ぽつりとこぼす。遠くを見ながら、どこか感傷的につづけた。

太宰がゆっくりと敦のほうに向かって歩いてくる。

「私がポートマフィアを辞《や》めて探偵社に入るきっかけを作った男だよ。彼がいなければ、私は今もマフィアで人を殺していたかもね」

「えっ……」

すれ違《ちが》いざま告げられた太宰の言葉に、敦は当惑《とうわく》する。真実なのか偽《いつわ》りなのか、見当がつかない。どういう意味なのか？　気になって太宰のほうを振《ふ》り向くけれど、敦からはその背中しか見えない。

敦が何かを云うよりも先に、太宰が冗談《じょうだん》めかした様子で告げた。「嘘《うそ》だよ」

太宰の後ろ姿から先ほどまでの頼《たよ》りなげな気配が消え、いつもどおりの軽い口調で問いかけてくる。「国木田《くにきだ》君あたりに云われて私を探しに来たのだろう？」

云われて、はっとなった。「ええ、大事な会議があるからと」

もともと、敦が此処《ここ》に来たのは、其れが理由だ。国木田には、太宰を連れてくるようにと、厳命されている。

「――パス」

「ええ？」

太宰が背中を向けたまま、さくさくと歩きだす。非難がましい目で追うが、太宰が振り向く様子はない。

「ちょっと新しい自殺法を試《ため》したくてね」

「またですか？　もう……」

ひらひらと手を振る太宰に、敦は呆《あき》れた声を出してしまう。自殺嗜癖《マニア》の太宰がこう云いだしては、もう誰《だれ》にも止められないだろう。ため息をつくしかない。

砂色の長外套が、ゆらりと海風に揺《ゆ》れるのが見えた。

1―2

数刻後。敦は、港にほど近い赤煉瓦《あかれんが》でつくられたビルに居を構える、武装探偵社へと戻《もど》って来ていた。向かう先は会議室だ。

重厚な扉をゆっくりと押し開ける。さして広くも無い、けれど必要十分な規模の会議室。壁《かべ》の一面には大きなスクリーンが、もう一面にはホワイトボードが置かれ、固めて並べられた長机のまわりを十数人ぶんの椅子《いす》が囲んでいる。

昼と夜の間をとりしきる薄暮《はくぼ》の武装集団、武装探偵社。

港湾都市ヨコハマにおいて、官憲だけでは如何《どう》しようもない事件を解決する異能者の集団だ。その方針と決定は、この会議室で生まれる。

会議室の入り口近く、出席者の全員を見ることができる位置に座る、銀髪《ぎんぱつ》の男性。

渋《しぶ》い色合いの着物も含《ふく》め落ち着いた雰囲気《ふんいき》を醸《かも》し出している。が、威厳《いげん》のある佇《たたず》まいといい、鋭《するど》い眼光といい、只者《ただもの》ではない。彼こそ、かつて〝銀狼《ぎんろう》〟と呼ばれた凄腕《すごうで》の武人。武装探偵社社長、福沢諭吉《ふくざわゆきち》だ。

福沢の斜《なな》め後ろには、事務員である春野《はるの》が秘書のように控《ひか》えているのが見えた。

赤いリボンタイと、一房《ひとふさ》だけ長く伸《の》ばした髪《かみ》が目立つ国木田独歩《どっぽ》は、議事進行をつとめるのか、スクリーンの前に立っていた。長身にきっちりとした襯衣《シャツ》と胴衣《ベスト》を着込み、生真面目な顔で眼鏡《めがね》の位置を正している。

一方、すでに自分の席に座り、大量の駄菓子《だがし》を机にまき散らしているのは江戸川乱歩《えどがわらんぽ》だ。肩掛《ケープ》けと、ゆるく締《し》めたネクタイ、鳥打帽《とりうちぼう》。西洋の探偵《たんてい》小説に出てきそうな洋装をした彼は、天真爛漫《てんしんらんまん》な言動が多く、無邪気《むじゃき》な糸目からは意図が読み解けない。だが、実際は探偵社の要《かなめ》であり、普通《ふつう》の人間でありながら、一瞬《いっしゅん》で真実を見抜《みぬ》くという、稀有《けう》な頭脳を有している。

乱歩の向かいに座るのは与謝野晶子《よさのあきこ》。肩上《かたうえ》で切りそろえられた髪には、蝶《ちょう》の髪留めをしている。体の線に沿う白い襯衣と喪服《もふく》めいた黒のタイ、黒のスカート、黒の手袋《てぶくろ》。黙《だま》って座っている姿は楚々《そそ》とした才色兼備《さいしょくけんび》の女性に違いない。……黙っていれば、の話である。

凛《りん》とした姿の与謝野と比べ、彼女の隣《となり》に座る若者の姿は頼りない。色素の薄《うす》い髪と肌《はだ》、気弱そうな顔だち。大き目のニットからは、華奢《きゃしゃ》な鎖骨《さこつ》がのぞきみえている。谷崎潤一郎《たにざきじゅんいちろう》だ。

探偵社の手代じみた仕事をこなす彼は、現在、実妹《じつまい》である美少女、谷崎ナオミにしなだれかかられ、困ったような顔をしていた。

いつものことながら、谷崎とナオミの距離感《きょりかん》は近く、悩《なや》ましい雰囲気に敦は目を逸らしてしまう。しかし谷崎の向かいに座る少年、宮沢賢治《みやざわけんじ》は全く気にならないらしく、隣の乱歩と明るい顔で会話を交《か》わしていた。麦《むぎ》わら帽子《ぼうし》に使い古したオーバーオール。雀斑《そばかす》のある顔には、人《ひと》懐《なつ》っこい笑《え》みが浮《う》かんでいた。

そんな賢治の明るさから一歩距離を置くように、ひとつ席を空けて座るのは、和装の少女。最近、武装探偵社に入ったばかりの新人、泉鏡花《いずみきょうか》だ。

花飾《はなかざ》りで二つに結んだ長い黒髪《くろかみ》。伏《ふ》せられた長い睫毛《まつげ》。動かない表情。どこか冷たく見えるが、そんなことはないと既《すで》に敦は知っている。きっと空けられた席も、敦のためなのだろう。

実際、鏡花の視線に促《うなが》され、敦は鏡花と賢治のあいだに座る。

以前は、異能《夜叉白雪《やしゃしらゆき》》とともに暗殺者としてポートマフィアに利用されていた鏡花も、今ではすっかり武装探偵社に馴染《なじ》んだ様子だ。

福沢、春野、国木田、乱歩、与謝野、谷崎、ナオミ、賢治、鏡花、そして……敦。

太宰こそいないものの、残る社員全員が会議室には集められている。

錚々《そうそう》たる面々に、これから始められる会議の内容の重さを感じて、敦は緊張《きんちょう》する。一体、何があったというのか。

全員が席につき、国木田が会議室の照明を落とす。スクリーンに、ある街の様子が映し出された。

煉瓦《れんが》造りの建物が目を引く、商店が軒《のき》を連ねたレトロな街並み。猥雑《わいざつ》でありながら郷愁的《ノスタルジック》な雰囲気が漂《ただよ》う。画面の端《はし》には時刻と場所が表示されており、深夜の台湾《たいわん》、廸化街《デイーホアジエ》であることを教えてくれる。

暫《しばら》くして、街並みに薄い靄《もや》のようなものがかかった。――霧《きり》だ。

霧はゆっくりと、しかし着実に濃度《のうど》を増し、街を呑《の》み込んでいく。

街が霧で見えなくなったところで、映像が早回しにされた。

「――これは三年前に台湾のタイペイ市街にあった監視《かんし》カメラの映像です」生真面目な声が説明する。「見ての通り、濃《こ》い霧が、数分間という短時間で発生し、消失しています。ですが、これはただの異常気象ではありません」

画面の中の霧が晴れる。映像が停止され、新たなものに切り替《か》わった。

カシャリ。硬質《こうしつ》な音とともに映されたのは、一枚の写真。先ほどと同じ場所を、近付いて撮《と》ったのか、煉瓦の建物に挟《はさ》まれた道路が画面の中心に通っていた。道路の真ん中には、多くの人が集まって、何かを囲んでいる。

さらに近付いた写真が映し出され、其れが何かが明らかになる。

路面に這《は》いつくばり、真っ黒に炭化した――。

「この霧の消失したあと、不審《ふしん》な死体が発見されています……この焼死体《しょうしたい》です」

――もとは〝人間〟であった消し炭が、其処《そこ》には転がっていた。

余程《よほど》の高熱で燃やされたのか、道路まで焦《こ》げ付いている。髪や服は勿論《もちろん》、骨さえ残っていない。当然乍《なが》ら、容貌《ようぼう》も表情も判《わか》る筈《はず》がなかった。

路面にこびりついた人のかたちの炭を、地元警察と思わしき人々が取り巻いている。あまりにも惨《むご》い映像だった。気分が悪くなる。

「ひどい」

自然、敦の口から声がもれた。炭化するほど死体を燃やすなど、正気の沙汰《さた》じゃない。何者のしわざなのか。

敦が眉《まゆ》をひそめ、誰《だれ》もが凄惨《せいさん》な現場に口をつぐむなか。乱歩が駄菓子をぽりぽりと食べながら指摘《してき》した。

「この人、異能力者だね」

「仰《おつしや》る通りです。流石《さすが》です、乱歩さん」

スクリーンの横に立って説明をしていた国木田独歩が、確《しつか》りと頷《うなず》いた。

「その界隈《かいわい》では有名な炎使《ほのおつか》いの異能者でした」国木田がリモコンを操作し、次の画像を映す。

「これは一年前のシンガポール」

スクリーンに、獅子《しし》の頭と魚の胴《どう》を持つ、マーライオンの像が映った。水辺にある白い像は、雑誌などでも多く見る景色だが、注視すべきはマーライオンの背だ。男が、磔《はりつけ》にされている。だらりと力のない手足。青白く変色した肌。何より、全身に刺《さ》さった無数の手札《カード》。

赤と黒で彩《いろど》られた、トランプの手札だ。

男が死んでいることは明らかだった。

「やはり、濃い霧が発生、消失した直後に、発見された変死体です。彼は、手札を操る異能力者で、腕利《うでき》きの暗殺者でした」

国木田は淡々《たんたん》と語り、指を動かした。手札に切り裂《さ》かれた男の写真が消され、今度は、巨大《きょだい》な氷柱《つらら》に貫《つらぬ》かれ絶命した女が映る。

「これは半年前のデトロイト。やはり霧のあとに発見された遺体」

多くの車が行き交《か》い、高層ビルが立ち並ぶ都会の中心で、なぜか、地面から幾《いく》つもの氷柱が突《つ》き出している。透明《とうめい》な槍《やり》となった巨大な氷柱は、女を高く持ち上げ、空中で死に至らしめていた。

国木田の声が響《ひび》く。「お察しの通り、彼女は氷使いの異能者でした」

「つまり」福沢が口を開いた。「不可思議な霧が出現したあと、各国の異能力者が、皆《みな》、自分の能力を使って死んだという事だな」

福沢の言葉を聞き、賢治が国木田を見る。

「この霧に、なんらかの原因があるわけですか？」

疑問のかたちをとっているが、それは確認《かくにん》だ。

あたりを覆《おお》う霧と、能力者の死体。無関係とは、とても思えない。

国木田が、軽く首肯《しゅこう》した。

「確認されているだけでも、同様の案件が一二八件。おそらくは五〇〇人以上の異能者が死んでいるでしょう」眼鏡を人差し指で押し上げる。「異能特務課では、この一連の事件を、『異能力者連続自殺事件』と呼んでいます。……自殺と云《い》えば」

ふと、国木田が目線を上げた。敦の背中に、ぞくりと悪寒《おかん》が走る。

——まずい。嫌《いや》な予感がした敦に、国木田が問いかけた。「太宰の阿呆《あほう》はどうした？」

やっぱり、その話題だったか！　自殺という単語で思い出すのなんて、太宰しかいない。

大袈裟《おおげさ》に肩を揺《ゆ》らした敦に、となりにいた鏡花が不思議そうな顔をしているが、気にしていられない。云いたくない……そう思うが、云わないわけにもいかない。

敦は、ひきつった顔で国木田に報告する。

「……新しい自殺法を思いついたそうです」

「あのトウヘンボクが！」

案の定、国木田が大声で叫《さけ》んだ。やっぱりな、と敦は思う。当然だろう。国木田は何度も太宰に逃《に》げられて振《ふ》り回されているのだ。それはもう、気の毒になるほどに。

激怒《げきど》する国木田の顔と声には、怒《いか》りが溢《あふ》れている。

これだから彼奴《きやつ》は、だの、もっと真剣《しんけん》に太宰を連れて来い、だのと怒《おこ》る国木田に、敦がこってりしぼられているそばで、急に乱歩の「そうか……」と呟《つぶや》く声が聞こえた。

乱歩は何を思ったのか、大事にしている駄菓子《だがし》を、ひょいひょいと事務所の金庫に仕舞《しま》っていく。乱歩の行動を見た賢治が「何してるんですか？」と首を傾《かし》げた。

「秘密」大量の菓子を金庫に詰《つ》め込みながら、乱歩はにこにこと笑う。

目を瞬《またた》かせている賢治と笑う乱歩を横目に、谷崎が眉を寄せて発言した。

「この霧に触《ふ》れると、異能力者は、みんな自殺するッてことですか？」

谷崎の顔には不安がありありと表れている。

即座《そくざ》に、となりにいたナオミが谷崎に抱《だ》きついた。

「そんなことは絶対にさせませんわ。ナオミを置いて自殺なんて、許しませんからね」

陶然《とうぜん》とした表情で、ナオミは腕《うで》に力を込める。……強く。

「ナ、ナオミ？」

谷崎が狼狽《ろうばい》するが、ナオミは気にしない。なぜか頰《ほお》を赤く染め、谷崎を締《し》め付ける。

死んじゃう死んじゃう！　と叫ぶ谷崎の声を聞き流しながら、冷静な声をあげたのは与謝野だ。

「で、この件がうちとどう関係してるんだい？」手もとの資料を見ながら、与謝野は問う。

「妾《アタシ》らも異能力者だから気を付けよう、なんて話じゃないんだろ？」

与謝野の問いに、敦をしぼりおえた国木田が神妙《しんみょう》な顔になる。

「異能特務課からの捜査《そうさ》依頼《いらい》です」硬《かた》い声で云った。

「この連続自殺に関係していると思われる男が、このヨコハマに潜入《せんにゅう》しているという情報を得て、我々にその捜査、および確保を依頼してきました」

難度の高そうな依頼に敦の背筋が伸《の》びる。危険なものとなることが容易に想像できた。

カチ、カチ……国木田がリモコンを操《あやつ》る。「……これがその男です」

映し出されたのは、線の細い青年の写真。

癖《くせ》のある長い白髪《はくはつ》。白皙《はくせき》の肌《はだ》。白い容貌のなか、真紅《しんく》の瞳《ひとみ》が昏《くら》く煌《きらめ》く。

国籍《こくせき》と名前、年齢以外の記録は、一切《いっさい》が不明と書かれている。

「澁澤龍彦、二十九歳。わかっているのはなんらかの異能力者である事と、蒐集者《コレクター》という通《つう》称《しょう》だけです」

「蒐集者《コレクター》……」

賢治が国木田の言葉を繰《く》り返す声が聞こえた。敦の肩《かた》が、小さく揺れる。

蒐集者《コレクター》。澁澤龍彦。

その名に吸い寄せられるように、敦は澁澤の写真を凝視《ぎょうし》した。じっとこちらを見つめるかのような澁澤の写真。そんなことがあるはずもないのに、目が合っていると錯覚《さっかく》しそうになる。

「…………」

ふと、何か引っかかるものがあった。心の奥底にある、扉《とびら》のような何か。

――開けちゃいけない。

なぜか、そんな予感がして。けれど、それが何かも判らず、ぼうっとしてしまう。

「どうかした？」

となりからかけられた鏡花の声で、敦はハッと我に返った。

澁澤龍彦の写真を改めて見ても、先ほどのような不思議な感覚は表れない。……気のせいだったのだろう。

「……いや、なんでもない」

敦は自分で自分に苦笑《くしょう》して、首を横に振る。

ぱちりと音がして、会議室に灯《あか》りが点《つ》いた。一気に部屋が明るくなる。

互《たが》いの顔が見えるなか、福沢が告げた。「武装探偵《たんてい》社はこの依頼を受ける」

社長である福沢の言葉に、全員の顔が引き締まる。敦も居住まいを正し、福沢を見つめた。

「この事件の直接の被害者《ひがいしゃ》は異能力者であり、探偵社員である諸君らの安全を守る為《ため》でもあるが、それ以上に、この事件には、より大きな禍《わざわい》を社会にもたらす予兆を感じる」

より大きな禍という不吉《ふきつ》な言葉に、敦は唇《くちびる》を引き結ぶ。それは、あってはならないことだ。断じて阻止《そし》しなければならない。覚悟《かくご》を決めて、福沢の言葉を待つ。

福沢が、鋭《するど》い眼差《まなざ》しで宣言した。

「探偵社はこれより、総力をあげて、この男の捜査を開始する――」

1—3

ひたり。月明かりのもと、二人の男が足音を忍《しの》ばせて歩いて行く。

ヨコハマの港に近い倉庫街。赤錆《あかさび》の浮《う》いた倉庫がいくつも並んでいる。倉庫のあいだから見えるベイブリッジの光が、あたりを一層暗く感じさせた。

街灯も無く、人気《ひとけ》も無い。秘密の会談にふさわしい静まり返った場所に肩を並べて踏《ふ》み入るのは、長身に眼鏡《めがね》の男と華奢《きやしや》で気弱そうな青年。——国木田と谷崎だ。

「……国木田さん、どう思います？」歩きながら、谷崎がためらいがちに問いかける。

「何がだ」

「連続自殺なんて、本当にあり得るンでしょうか？」

谷崎の目線だけが、ちらりと国木田に向けられる。その顔からは、隠《かく》せない不安が漂《ただよ》う。

国木田は表情を変えず、暫《しば》し沈黙《ちんもく》して、硬い声で答えた。

「何とも云えん」淡泊《たんぱく》に告げ、国木田は続ける。「仮に精神操作の異能を受けたのだとしても、それほど強力な異能力となれば必ず国際捜査機関に情報があるはずだ……」

にもかかわらず、現在のところ、依頼人である特務課からは何の情報もない。

現状を正しく把握《はあく》した谷崎は、ため息をつきたい気持ちでうつむく。

「これから会う特務課のエージェントから、もう少し詳《くわ》しい情報を貰《もら》えるといいんですが」

言葉を吐《は》き出し、谷崎は国木田とともに足を進める。

あたりは静かで、互いの呼吸が聞こえそうだ。満月なのか、やけに大きな月が頭上を照らしていた。待ち合わせ場所は近い。

やがて、とある場所で二人は足を止める。倉庫と倉庫のあいだにある、路地の手前だ。国木田が袖《そで》をまくり腕時計《うでどけい》を確認《かくにん》する。

時刻は午後七時五九分四五秒。合流予定の一五秒前だ。

万全《ばんぜん》を期して毎日時報に合わせているので間違《まちが》いない。国木田は満足げに、ふむ、と頷《うなず》く。

きっちりかっちり、予定通りだ。しかし。

「？……いない。ここが待ち合わせ場所の筈《はず》だが……」国木田が呟いた時。

「国木田さん！」

周囲に視線をめぐらせていた谷崎が、鋭い声を上げた。

緊張感《きんちょうかん》を孕《はら》んだ様子に、国木田は弾《はじ》かれたように顔を向ける。谷崎が見ているのは路地の向こうだ。

何が、と思う間もなかった。

路地のさきに、倒《たお》れる人影《ひとかげ》が見えたのだ。

清潔そうな背広。少し擦《す》り減った靴底《くつぞこ》。弛緩《しかん》した四肢《しし》。

そして、倒れた体の下に広がる、血。

じわじわと、血は円を描《えが》いて広がっていく。

青白い月光が鮮《あざ》やかな赤い血に反射した。

「！」

血を流したまま無言で倒れる男を見て、国木田と谷崎の二人は即座に動いた。

国木田は洋袴《ズボン》から拳銃《けんじゅう》を素早《すばや》く抜《ぬ》き、姿勢を低くして男に駆《か》け寄る。同時に、谷崎も後背に隠していた拳銃を取り出し、構えた。

倒れた男を挟《はさ》んで背中合わせになるように、二人は銃を構え、あたりを警戒《けいかい》する。

男が倒れているのを発見してから戦闘《せんとう》態勢に入るまで、二人が要した時間は数秒も無い。

神経を研《と》ぎ澄《す》まし、人の気配を探《さぐ》りつつ、国木田は倒れた男の首筋——頸動脈《けいどうみゃく》のあたりを指で触《ふ》れた。男の体は温かいものの、脈は無い。

おそらく、さほど時間は経《た》っていないのだろう。

国木田達が到着《とうちゃく》する数分前に殺されたとしか思えない。

だが、周囲に人影も、人の気配も感じられなかった。

……すでに犯人は逃《に》げたのだろうか。

「国木田さん？」

谷崎が確認するように呼びかける。何が起こったのか、という問いを込めて。

国木田は構えた銃をおさめながら告げた。「特務課のエージェントだ。……死んでいる」

谷崎が肩を揺《ゆ》らし、え？　と信じがたい気持ちで顔だけ振《ふ》り返る。

死んだ男のとなりに屈《かが》みこんでいた国木田は、ふと、そばに〝何か〟が落ちているのを見つけた。胸《むな》もとから手巾《ハンカチ》を取り出し、指紋《しもん》をつけないよう、〝其《そ》れ〟を手巾越《ご》しに摑《つか》む。

銃を構えたままの谷崎には〝其れ〟が見えない。どうしました、と不安げに問いかける。

国木田は谷崎の問いには答えず、〝其れ〟を持ったまま立ち上がった。

〝其れ〟は、あまりにも不自然だった。

偶然《ぐうぜん》、落ちているような類《たぐ》いのものではない。むしろ、強いメッセージ性を感じて、国木田はわずかに眉《まゆ》を寄せる。犯人の遺留物か？

国木田の呟《つぶや》きに、谷崎が銃をさげて振り返る。国木田が持つ〝其れ〟が目に入った。

〝其れ〟は、血と同じ色を纏《まと》ったリンゴだった。

つるりとした表面が月光に輝《かがや》く。贋物《にせもの》や爆弾《ばくだん》などではない。まごうことなき、ただの果実だ。

ただし。熟《う》れたリンゴには、一振《ひとふ》りのナイフが刺《さ》さっている。

罪の味を断罪するかのように。

原罪を象徴《しょうちょう》する赤い球体に、刃《やいば》が穿《うが》たれている。

陰惨《いんさん》で不吉な気配が〝其れ〟から毒々しく滲《にじ》みでていた。

「それは？」谷崎の問いに、国木田は首を横に振る。これだけでは、何も判《わか》らない。

ただ、犯人が残したものと見て、間違いはないだろう。リンゴに刺さったナイフなど、エージェントを殺害したときの凶器《きようき》かもしれない。

しかし、どうしてリンゴなのか。

ぽつりとこぼした谷崎の疑問に、国木田は俺が知るか、と苛立《いらだ》ちを込めて吐き捨てる。

掲《かか》げ持ったリンゴから瑞々《みずみず》しい果汁《かじゆう》が滴《したた》り落ち、地面に濡《ぬ》れた跡《あと》を作る。


――はじまりの鐘《かね》は、すでに鳴っている。

幕間・1

古いジャズが、微《かす》かに流れていた。

地下にある店内に窓はない。柔《やわ》らかい空気、絞《しぼ》られた照明。淡《あわ》い橙色《だいだいいろ》の光が、壁《かべ》に並んだ空《から》のボトルを照らす。年代物のカウンターとスツールは深い飴色《あめいろ》になり、木目が良い風合いに育っている。

からりと心地《ここち》よい音がして、グラスの中の氷がまわった。

蒸留酒の入ったグラスには、白いアリッサムの花が添《そ》えられている。

其処《そこ》は、かつて織田作之助という男がいつも座っていた席。置かれた酒も、彼がいつも飲んでいた銘柄《めいがら》の蒸留酒だ。

けれど、グラスを呷《あお》る手は、今はもうない。そもそも、グラスの置かれた席には誰《だれ》も座っていない。

からっぽの席に、花とともに置かれたグラスだけが寂《さび》しく佇《たたず》む。

太宰はそれを視界のうちにおさめながら、自らのグラスを手に取った。

太宰が座るのは、いつもの席。織田作の隣《となり》だ。そして、いつもとおなじように、かつて隣に座っていた相手に話しかける。

「今日は何に乾杯《かんぱい》する？」

『安吾《あんご》が来るまで待たないのか？』

——友の声が、聞こえた気がした。


「…………」

黙《もく》したまま、太宰はゆっくりとグラスを掲げる。遠い日の会話を思い出していた。

数年前。おなじ場所、おなじ席で、太宰は織田作に笑いかけたのだ。

『じゃあ世間話でもしよう』最近、面白《おもしろ》い話を聞いたんだ、と。

「最近、面白い話を聞いたんだ」
淡い照明のもと、太宰が云《い》う。抗争《こうそう》で怪我《けが》を負ったのか、それともまた新しい自殺法を試《ため》したのか、包帯を巻いた太宰の横顔は表情が窺《うかが》えない。
「リンゴ自殺って知ってるかい？」

「……リンゴ自殺？」

太宰の言葉を受けて、織田作はきょとんと目を瞬《またた》かせる。

いつものバーでの、いつもの他愛無《たわい》い雑談だ。太宰が静かに頷《うなず》いた。「そう、リンゴ自殺」

「ああ……」ふと、何か思いついたように織田作が視線を動かした。納得《なっとく》したように目を伏《ふ》せ、琥珀色《こはくいろ》の液体が入ったグラスを呷る。「シンデレラか」

からん。氷が硝子《ガラス》に当たり、涼《すず》やかな音を立てた。

「シンデレラ……」

予想外の単語に、太宰は織田作の言葉を繰《く》り返す。んー、と困ったような声を出し、みずからの額を中指でぽんぽんと叩《たた》いた。「うん、その解答は流石《さすが》の私も予測できなかったなぁ」

「織田作と話していると本当に飽《あ》きないよ」と、太宰が楽しそうに天井《てんじょう》を仰《あお》ぐ。

織田作としては、何が楽しいのか理解できない。それがまた面白いのか、太宰がにこにことした顔で織田作のほうを見た。

「説明しておくと」ひょい、と太宰は織田作を覗《のぞ》き込む。「毒リンゴを食べたのは白雪姫《しらゆきひめ》だし、彼女は自殺じゃない」

「そうか。間違《まちが》えた」

おどけたようなしぐさの太宰に、織田作は気にした様子もなく、あっさりと謝る。けれど。

「うん……いや、待てよ？」

太宰は口もとに親指を当て、急に何かを考えこむ。どうしたのか、と織田作が様子を見ていると。

「——……ひょっとしたら白雪姫は自殺かもしれない」

ぽつりと独白するように太宰が呟いた。「彼女は、毒リンゴと知っていて齧《かじ》ったのかも」

「何故《なぜ》だ？」友人が何を云いだしたのか判らず、織田作は不思議そうな目で太宰を見る。

太宰が続けた。「絶望だよ」

ふざけたように笑おうとする。「母に毒を差し出された絶望——いや」言葉を止め、太宰は何かに思いを馳《は》せるように、ぼんやりと天井を仰いだ。透《す》き通る声で言葉をつむぐ。

「もっと得体の知れない、この世界そのものが内包する絶望——……」

嘯《うそぶ》く太宰の姿は陶然《とうぜん》としていて、見ている者の胸を騒《さわ》がせる。

まるで、此《こ》の世の全《すべ》てを無視して、違うものを追い求めているようだ。

「…………」

手の届かないものを希求するような友人の姿を、織田作は無言で見つめる。太宰がちらりと笑った。「だとしたら、面白いね」

太宰は含《ふく》み笑いを浮《う》かべたまま、ささやく。

「最近、面白い異能者に会ったんだよ」

相手のことを思い出しているのか、それとも、その異能のことを思い出しているのか。

太宰はゆっくりとうつむき、楽しげに唇《くちびる》を歪《ゆが》める。

いびつな笑《え》みが、太宰の口もとを彩《いろど》った。

「そいつは人にリンゴ自殺をさせる」

どこか異質な笑みで、太宰は云う。「そのうちヨコハマでも流行《はや》るかもね」

「自殺がか？」織田作が、太宰を見つめたまま問いかけた。

ああ、と、太宰が頷き、織田作に顔を向ける。

「素敵《すてき》じゃないか」ようやく見えた太宰の笑みは、どこか幼く、無邪気《むじゃき》な子供じみていた。

太宰の真意が奈辺《なへん》にあるのか探《さぐ》ろうと、織田作は友人を見つめつづける。だが、どれだけ見つめても見えるはずもない。太宰という男は、すぐに全てをはぐらかす。

だから織田作は諦《あきら》めたように首を振《ふ》り、グラスを呷って、代わりのように感想を漏《も》らす。お前は面白いな、思考がくるくる回る——と。

太宰から返ってきたのは、織田作にとって予想外の言葉だった。

織田作ほどじゃない、と、笑みまじりの言葉。

心外な言葉をかけられ、織田作は内心で首をひねる。織田作は自分が面白い人間だとは思わないし、意味が判らない。きっと太宰なりの冗談《じょうだん》なのだろう。そう判断して軽く流すことに決めた。いつもの冗談、いつもの軽口だ。

さきほど太宰が見せた陶酔《とうすい》も違和感も、すでに存在しない。

だから織田作は、軽い口調で、いつものようにバーの出入り口に顔を向けた。

いつもの日常を、くりかえすように。

「遅《おそ》いな、安吾」

――それは、もう戻《もど》らない、かつての日常だった。


「……安吾は来ないよ」

遠い昔の織田作の呟《つぶや》きに、太宰は一人、返答する。

あの頃《ころ》とは、すでに色んなものが変わってしまっていた。

織田作は隣におらず、安吾が後からやってくることもない。今の太宰はカウンターに一人だ。

誰を待つこともなく、ただ琥珀色の液体を見つめる。

アリッサムの花を添えたグラスのなかで、氷が弾《はじ》ける音が響《ひび》いた。

まるで織田作が返事をしたようなタイミングに、太宰は静かな声を向ける。

織田作、君の云うことは正しい、と囁《ささや》き、みずからのグラスを手に取る。

「人を救う方が、確かに素敵だよ」

グラスのとなりには、赤と白の二色に彩られた薬らしきカプセルがある。ただし、と云いたげに、太宰は付け加えた。

「……生きていくのならね」

包帯を巻かれた太宰の手が、カプセルにのびる。

丁寧《ていねい》な仕草でカプセルをつまみ、ゆっくりと唇へと運ぶ。

甘い毒リンゴに口吻《くちづ》ける白雪姫のごとく。

毒々しい赤と清らかな白が、太宰の口のなかへと消えた。

カプセルを口に入れた太宰が、名残惜《なごりお》しそうに席を立つ。

「じゃあ、行くよ。織田作」別れを告げて、長外套《がいとう》のポケットから〝何か〟を取り出し、カウンターに置いた。そのまま、振り返ることなく、太宰はバーを去る。

古いジャズの音に、靴音《くつおと》が重なる。

やがて、靴音が聞こえなくなった後。

カウンターには、グラスとともに〝其れ〟が残された。

――ナイフの刺《さ》さった、赤いリンゴが。

罪の果実《リンゴ》は、甘美な腐臭《ふしゅう》を漂《ただよ》わせていた。

店の外に出ると、夜風が太宰の肌《はだ》を撫《な》でた。ドアベルが鳴り、扉《とびら》がゆっくりと閉まっていく。

バーの看板。点滅《てんめつ》する街灯。冷たいアスファルト。雑多な景色に太宰は足を踏《ふ》み出す。

「太宰君」太宰の背に、無機質な声がかけられた。

丸眼鏡《まるめがね》に背広という、学者風の外見をした青年だ。

坂口《さかぐち》安吾。

かつて、ポートマフィアの情報員として太宰や織田作と肩《かた》を並べて笑っていた青年。そして実際のところはマフィアに潜入《せんにゅう》していた異能特務課の一人だ。

「ああ安吾、いたの？」振り返らないまま、太宰が問いかける。「飲みに来たのかい」

太宰は突然《とつぜん》現れた旧友に驚《おどろ》く様子も見せず、余裕《よゆう》さえ感じさせる笑みを浮かべている。

一方、安吾は硬《かた》い面持《おもも》ちで太宰の問いに答えた。

「いいえ、仕事中ですから」

「仕事？」

「これです」

安吾が口にしたと同時、黒い特殊《とくしゅ》部隊の小隊が十数人、気配も音もなく現れた。消音装置《サプレッサー》つきの短機関銃《たんきかんじゅう》の群れが、正確に太宰の心臓を狙《ねら》っている。牽制《けんせい》などという生易しいものではない。太宰が何か怪《あや》しい動きをすれば、すぐさま発砲《はっぽう》する気だ。銃の安全装置は外され、指は引き金にかかっている。

安吾が硬い声で尋《たず》ねた。

「澁澤龍彦をこのヨコハマに呼び込んだのは、あなたですね？」

「——……」

問われた言葉に、太宰が反応する。ゆったりと振り返り、冷たい眼差《まなざ》しで安吾を射貫《いぬ》いた。

包囲され、追いつめられた立場でありながら、太宰の仕草はひどく悠然《ゆうぜん》としている。……いっそ、不自然なほどに。

取るに足らない塵芥《じんかい》を相手にするような太宰の視線。それを受けながらも、安吾は緊張《きんちょう》の滲《にじ》む声で問いつめる。「このヨコハマで、異能者の大量自殺を生む心算《つもり》ですか？」

責める響きで問う安吾は、気づかない。

自らの背後に、一人の影《かげ》が近付いていることに。

気付かないまま、特務課の男達は太宰を取り囲む。

その様子を見て、太宰が唇を歪めた。児戯《じぎ》を嘲《あざけ》るように、嗤《わら》う。

瞬間《しゅんかん》、太宰の纏《まと》う空気が一変した。

「私を捕《と》らえられると思っているのかい――？」

「！」

得体の知れない絶対的な恐怖《きょうふ》に、安吾の背筋が凍《こお》りつく。

秀麗《しゅうれい》な顔から発せられる悪意。怪物じみた気配。溢《あふ》れ出す威圧感《いあつかん》と深淵《しんえん》の闇《やみ》。

〝この世にあってはならないもの〟。その一端《いったん》を垣間見《かいまみ》た気がした。

酷薄《こくはく》な笑みは、安吾の見たことがない類《たぐ》いのものだ。

こんな太宰は知らない。こんなにも、残酷な気配を振りまく太宰は――。そう思った時には、すでに遅い。

安吾の背後から、不吉《ふきつ》な白い霧《きり》がにじり寄っていた。

第 二 章

夜又白雪

独歩吟客

羅生門

月下獣

雨ニモマケズ

超推理

細

汚れっちまった

悲しみに

罪と罰

人間失格

人上人不造

2—1

『——出ていけ、穀潰《ごくつぶ》し！』

天に近付こうとする高い建築物。繊細《せんさい》な彫刻《ちょうこく》と色鮮《いろあざ》やかなステンドグラスに彩《いろど》られた、白く美しい教会。その中心で、敦は身を震《ふる》わせる。

恐怖にすくむ体は思うように動かない。冷たい石床《いしゆか》に這《は》いつくばるのが精々だ。なぜ。どうして。疑問に思うのに、ろくに頭が回らない。血の気が引いた蒼《あお》い顔に、脂汗《あぶらあせ》が滲む。

此処《ここ》が何処《どこ》なのか、敦は知っている。

敦が育った施設。

そして、とっくに去った場所。

なのに、なぜ、ふたたび自分は此処にいるのか？

魂《たましい》に刻み込まれたトラウマで呼吸が浅くなる。近付く気配にハッと頭を上げると、見覚えのある人々が敦を見下ろしていた。院の職員達だ。

『お前など、この孤児院にも要《い》らぬ！』

罵倒《ばとう》がぶつけられ、敦は悟《さと》る。ああ、これは僕の記憶《きおく》だ、と。過ぎ去ったはずの過去だ。思い出したくもない、孤独と屈辱《くつじょく》と恐怖の日々。だけど。

——思い出したくもない？　〝思い出せない〟じゃないのか——？


ふと、目前の景色がゆがんだ。

職員達の背後に、突如《とつじょ》として扉が現れる。

荘厳《そうごん》で重厚《じゅうこう》な、神々《こうごう》しい扉。

敦の目が扉に引き付けられる。けれど、開けてはいけない気がした。

あれは、絶対に開けてはいけない禁断の扉だ。

開けちゃいけない。開けちゃいけない。開けちゃいけない——……。

自分で自分に云《い》い聞かせる言葉ばかりが浮《う》かぶ。

恐怖で体が竦《すく》み、震えが止まらない。何故《なぜ》なのか、敦自身にも理解不能だ。

ただ本能のように、恐怖が心を荒《あ》れ狂《くる》い、枷《かせ》をかける。

開けちゃいけない。開けちゃいけない。開けちゃいけない。

その扉は、決して開けてはいけない——。

『どこぞで野垂れ死ぬのが世間様の為《ため》よ』『天下の何処にも、お前の居場所などありはせん』

呪縛《じゅばく》じみた言葉が聖堂に響《ひび》く。

院長の声に反応したかのように、扉から、じわりと霧が滲んだ。

なんだ？　と思ったのも束《つか》の間。

気付けば職員達はおらず、白い霧が敦に襲《おそ》い掛《か》かってくる。

敦の瞳《ひとみ》が、恐怖で見開かれた。


「！」


霧、霧、霧。

まっ白な霧で視界が埋《う》め尽《つ》くされる。体が呑《の》み込まれる。

叫《さけ》びたくても、叫べない。口中にまで霧が侵入《しんにゅう》し、支配されるような心地《ここち》を覚える。息が苦しい。呼吸ができない。霧に喰《く》われる。喰われて、死んでしまう――。


――目が覚めたのは、その時だった。


両目を見開き、がばっ、と大きく体を起こす。

真っ暗な空間。肩で荒《あら》く息をしながら、敦は自分が何処にいるのか咄嗟《とっさ》に判《わか》らず、混乱する。

全身が汗《あせ》で濡《ぬ》れている。体に薄《うす》い布団《ふとん》が纏わりつく。ゆっくりと闇に眼《め》が慣れていき、此処が何処なのか気付いた。社員寮《りょう》の、自分の部屋。その押し入れの中だ。

「……夢、か」

まだ呼吸は荒いままだ。けれど夢と判り、少しだけ落ち着いた気がした。

大丈夫《だいじょうぶ》。もう僕は孤児院にいたころの僕じゃない。武装探偵《たんてい》社という〝居場所〟で、仲間とともに生きている。──昔とは、違《ちが》う。

息を吐《は》いていると、襖《ふすま》の外から控《ひか》えめな声がかけられた。

「開けていい？」鏡花の声だ。

「あ、うん……」

頷《うなず》くと、押し入れの戸が開けられ、淡《あわ》い光が差し込んでくる。まだ夜は明けていない。鏡花が電灯を点《つ》けたのだろう。敦の顔を、寝間着《ねまき》姿の鏡花が覗《のぞ》き込んできた。

「大丈夫？」

「え？　なんで？」

「……ひどくうなされていた」

心配そうに、鏡花は目を伏《ふ》せる。

現在、敦と鏡花は武装探偵社の社員寮で寝食《しんしょく》を共にしている。

勿論《もちろん》、流石《さすが》に鏡花と同じ部屋で寝るわけにはいかない。そこで敦は、押し入れで眠《ねむ》ることにしていたのだ。

とはいえ、所詮《しょせん》は押し入れ。戸は薄く、騒《さわ》げば声も漏《も》れる。ましてや鏡花は元凄腕《すごうで》の暗殺者だ。異常な気配に勘付《かんづ》くなど朝飯前だろう。

結果、敦の声で目覚めさせて、心配をかけてしまったようだ。いつから気付いていたのか、鏡花の背後を覗き見れば、きちんと整えられた布団が見えた。

申し訳ない気分になり、敦は情けないと思いつつも素直《すなお》に告げる。

「うん、ちょっと怖《こわ》い夢を見た」

「!」

敦の言葉に、鏡花が弾《はじ》かれたように顔を寄せてきた。

「ちょ、ちょっと! 鏡花ちゃん⁉」

間近に迫《せま》る鏡花の顔と珍《めずら》しい寝間着姿に、敦は狼狽《ろうばい》する。しかし、続いた鏡花の言葉で、敦の心は瞬時《しゅんじ》に冷えることとなる。

鏡花は鋭《するど》い眼差《まなざ》しで敦に問うたのだ。「……その夢に、霧は出てきた?」と。

「……え?」

敦の顔に緊張《きんちょう》が走る。なぜか、奇妙《きみょう》な確信があった。急《せ》かされるように押し入れを飛び出し、敦は窓を開け放つ。

——白い霧《きり》が、視界を埋め尽くしていた。

霧、霧、霧。夢のなかと同じように、霧が辺りに立ち込めている。

いつもなら窓から見えるはずのヨコハマの夜景も、霧に呑み込まれているようだった。

茫然《ぼうぜん》として、これって……と呟《つぶや》く。背後で、鏡花が勢いよく携帯電話《けいたいでんわ》を開く音がした。

「電話が繋《つな》がらない」短い言葉で鏡花が伝える。

あわてて敦も自分の携帯電話を探した。たしか、寝床《ねどこ》にあったはずだ。押し入れに駆《か》け戻《もど》り、電話を確認《かくにん》する。通話釦《ぼたん》を押す。——繋がらない。

緊急事態だ。焦《あせ》るあまり、押し入れの天井《てんじょう》に頭をぶつけてしまう。がこん、と、鈍《にぶ》い痛みが頭に走る。だが、うずくまっている暇《ひま》はない。ぐぐ、と頭を抱《かか》えつつも、鏡花に自分の携帯電話を見せた。「……僕のもだ」

白い霧と、繋がらない電話。異常な事態に、不穏《ふおん》な予想が敦の頭をよぎる。

「これ、異能力者が自殺しちゃうっていう、あの霧なのかな……」のそのそと押し入れから出て、敦が呟く。

窓の外を見ていた鏡花が、敦のほうを振《ふ》り向いた。「探偵社に行こう」

「え？　今？　今すぐ？」きっぱりと宣言され、うろたえる。視線がさまよい、汗があふれでる。「でも、朝まで待ったほうがいいんじゃない？」

しかし鏡花の表情は険しく、すでに決意した気配がただよっている。

それでも敦は諦《あきら》めきれず、怯《おび》えた声を絞《しぼ》り出す。

「そのうち、霧も晴れるかもしれないし――」

往生際《おうじょうぎわ》の悪い言葉は、最後まで云うことができなかった。

2—2

聳《そび》え立つ高層ビル、巨大《きょだい》な赤煉瓦《あかれんが》倉庫、歴史ある市庁舎、遠く伸《の》びるベイブリッジ……。

白い霧に覆《おお》われた街は、妙《みょう》に静まり返っている。——人がいない。

いくら深夜とはいえ、ショッピングモールで華《はな》やぐ繁華街《はんかがい》にも、観覧車のある遊園地にも、海に近い公園にも、人の姿が見当たらないのだ。ただ白い霧が立ち込める、異様な雰囲気《ふんいき》があった。

そんな霧の街を、鏡花は堂々と歩いて行く。鏡花の後ろを、おそるおそるついていくのは敦だ。二人分の足音が石畳《いしだたみ》に反響《はんきょう》する。

本当にこのまま出歩いて良いのだろうか。探偵社の皆《みな》からの連絡《れんらく》を待つべきだったのではないだろうか。連絡方法が無いと判ってはいても、敦はそんな風に思ってしまう。

異能者を自殺に追い込む霧。その情報が頭をちらついて怯えが止まらない。つい、両腕で自分の体を抱《だ》くように前かがみになってしまう。

なぜ鏡花が毅然《きぜん》とした姿勢で進めるのか、不思議なほどだ。

あのー、鏡花ちゃん、と声をかけたところで、がしゃん！　と轟音《ごうおん》が響《ひび》きわたった。

「！」

何か大きなものが壊《こわ》れた音。

音に反応して、鏡花が駆け出す。鏡花ちゃん、と、敦は追いかけた。

駆けて行った先、曲がり角の向こうにあったのは、信号機に衝突《しょうとつ》した車だ。

バンパーは破損し、ガードレールに乗り上げている。相当な速度で突《つ》っ込んだのだろう。

鏡花が車の前方に回り込み、車内を確認した。

乗っていた人達は？　疑問とともに、敦も鏡花の後ろから事故車両に近付く。フロントガラスが罅割《ひびわ》れていた。けれど、血痕《けっこん》どころか、怪我《けが》人さえ存在しなかった。車内に、人の姿がないのだ。後部座席にも、助手席にも、運転席にも。

なら、誰《だれ》が事故を起こしたのか？　誰がこの車を猛《もう》スピードで走らせ、信号機にぶつけたのか？——誰かが運転をしていたはずだ。なのに、何故《なぜ》。

どういうことだ？　思わず、敦の口から声が漏れる。不吉《ふきつ》な予感は止まらない。そうして、敦はふと目線を上げる。

そこで見た景色に、敦は息を呑《の》んだ。

「鏡花ちゃん……」乾《かわ》いた声で呼びかける。

敦の様子に気付いた鏡花が、おなじように顔を上げ、目を見張った。

「！」

敦達の見つけた車がひしゃげた先。幹線道路では、さらに多くの車が連なって大事故を起こしていたのだ。

玉突《たまつ》き事故。連鎖《れんさ》。爆発《ばくはつ》。色んな言葉が敦の脳裏《のうり》を飛び交《か》う。数十台の車がぶつかりあい、ぐちゃりと道路の奥に固まっている。まるで壊れた玩具《がんぐ》だ。もうもうと黒い煙《けむり》が何本も上がっているのが見えた。これほど大きな規模の事故など、見たことがない。あまりに悲惨《ひさん》な状況《じょうきょう》に、敦は耐《た》えきれず駆け出す。

何が起こったのか。助けられる人はいるのか。確かめるため、かたちの崩《くず》れた車に駆け寄り、車内を検分する。だが――人は、いない。

どの車にも、道路のどこにも、人の姿は存在しない。鏡花が見てまわってもおなじだ。

そもそも、これだけ大きな事故があったというのに、警察や救急車が呼ばれていないことも不自然だった。

鏡花と目を合わせ、二人は周辺を駆け回る。

裏道、交番、ファーストフードの店内。

どこも、明かりは点《つ》いているのに人がいない。

食べかけの食事のそばには、ついさきほどまで触《さわ》っている誰かがいたように携帯電話が落ちている。となりの席に置かれた珈琲《コーヒー》からは、湯気がたちのぼっているのが見えた。

まるで、突如《とつじょ》として街から全《すべ》ての人が消えてしまったかのようだ。

考えてみれば、敦達は寮《りょう》を出てからずっと、人の姿を見ていない。異常だとは思っていた。だが、ここまでとは予想していなかったのだ。

ふわりと白い霧がただよい、廃墟《はいきょ》のような街を隠《かく》す。

悪寒《おかん》が敦の体を這《は》いあがってくる。現実の出来事とは思えなかった。

街から人間を消し去るなんて、そんな馬鹿《ばか》げた能力がありえるのか？　だが、無いとは云いきれない。何百万という人間が一瞬《いっしゅん》で死亡し、灰の大地を作り出す異能兵器を見たことがあるからだ。ならば、これが、霧の——〝蒐集者《コレクター》〟の異能なのか？　この街に、何が起こっているのだろう。

どこかから、幼い子供の泣き声が聞こえたと思った。

耳を澄《す》ました敦が聞いたのは、予想しなかった声だった。

——出ていけ、穀潰《ごくつぶ》し！

虚空《こくう》から声を投げられた気がして、敦の体が硬直《こうちょく》する。

どういうことだ？　聞こえるはずのない院長の声。一体、どうして、どこから聞こえたのか。

勇気を振り絞《しぼ》って視線を上げ、周りを見る。だが、敦と鏡花以外に人影《ひとかげ》はない。当然、院長もいない。幻聴《げんちょう》であってほしいと願う間もなく、背後に気配を感じる。

勢いよく振り返った。

――天下の何処《どこ》にも、お前の居場所などありはせん――。

ゆらゆらと霧が立ち込め、院長の姿が霧に映る。

まるで夢の再現だ。

これは……まずい。危険だと、防衛本能が訴《うった》えてくる。

「鏡花ちゃん」咄嗟《とっき》に、背後にいる鏡花に呼びかける。

鏡花が身構え、鋭《するど》い声で呟いた。「……強い殺気を感じる」目を凝《こ》らして一点を見つめ、駆けだす。

「！」鏡花の名前を呼び、敦もその背を追いかける。一瞬だけ視線を戻して確認《かくにん》した。院長が見えた場所には、もう何もない。平坦《へいたん》な道路とビル群が無機質に並ぶばかりだ。

あれはなんだったのか……。

考えても判《わか》らない。敦は振り切るように、鏡花のあとを追いかけた。

派手に横転した一台の車。道路を分断する状態の車体には、べっとりと赤い血が纏《まと》わりついていた。車輪に、道路に、側溝《そっこう》に、大量の血が飛び散っている。霧《きり》が立ち込める道路の奥には、何かを引きずったのか、地面に擦《こす》りつけられた血の跡《あと》が続いていた。

鏡花が走っていったさきにあったのは、そんな現場だ。

「血だ……」濃厚《のうこう》な血の臭《にお》いに、敦は眉《まゆ》をひそめる。吐《は》き気がした。血の量からして、犬や猫《ねこ》ではないだろう。きっと、人間だ。

これも異能による自殺？　でも、遺体が無い……。

怖気《おじけ》づきつつも疑問に思う敦の横で、鏡花は冷静に血だまりを観察する。道路の奥に続く血痕に気付いたところで、ぼきっ、ばきっ、と音が聞こえた。

血痕が続く奥、霧の向こうに〝何か〟がいる。

ぞわりと敦の全身が総毛立つ。

〝何か〟は、固いものを割っているようだ。

まるで、骨を折り、砕《くだ》くような破砕《はさい》音。

ぺきり。ばきり。不穏《ふおん》な気配が、霧の奥から感じられる。

きっと、〝何か〟とまみえれば、ただではすまない。敦の足が躊躇《ちゅうちょ》で竦《すく》む。

敦の隣《となり》で、鏡花がためらいなく歩きはじめた。向かうのは、血痕の続く先だ。数歩遅《おく》れて、敦はあわてて鏡花のあとを追う。迷っている暇《ひま》はない。

血痕は、道路を横切ったさきにある、ビルの入り口へと続いていた。

入り口から先は照明が点いていないのか、暗闇《くらやみ》になっていて、何も見えない。闇の中から、かわらずに、ばきぼきと破砕音が聞こえてきていた。〝何か〟は、ビルの中にいる。

〝何か〟の正体は判らない。敦達の想像通り、人間の血をまき散らし、今もその骨を砕いているなら、かなりの戦闘力《せんとう》を有していることは間違《まちが》いないだろう。しかも、この残酷《ざんこく》な殺戮《さつりく》。けっして油断できない相手だ。能力者か、それとも別の代物《しろもの》なのか。緊張《きんちょう》しつつ、敦は迷いなく進む鏡花の背を追って行く。

寮を出てから、鏡花のあとを追いかけてばかりだという自覚はある。ただ、院にいた時の夢といい、不吉な霧といい、正体不明の殺戮者といい、何もかもが恐《おそ》ろしくて仕方なかった。自らの怯懦《きょうだ》を自覚しつつ、それを抑《おさ》える術《すべ》も判らず、敦は怯《おび》えながら足を進める。

ビルに突入《とつにゅう》しようとして、殺気が叩《たた》きつけられた。

獣《けもの》の唸《うな》り声がする。

「！」

敦と鏡花が身構えた。

闇のなかで、獣の瞳《ひとみ》が光った。

ガルルルル！　獰猛《どうもう》な唸りとともに、獣が闇から飛び出し、ビルとビルのあいだを飛び移る。速すぎて獣の影《かげ》しか見えない。判るのは、ただ巨《おお》きいということだけだ。

「……っ！」

獣が敦に襲《おそ》い掛《か》かる。尋常《じんじょう》ではない疾《はや》さ。間一髪《かんいっぱつ》で、敦は避《よ》けた。ぎりぎりだ。正直、運が良かった。次におなじ攻撃《こうげき》がくれば、敦に避けられる自信は無い。

——まずいな。今更《いまさら》のように、敦の背中を冷や汗《あせ》がつぅ、と流れた。

獣が敦を掠《かす》めたのは一瞬で、やはりその全容は明らかになっていない。気付いた時には過ぎ去ったあとなのだから、どうしようもない。目で追うこともできないのだ。

敦に攻撃をかわされた獣は、ふたたびビルを駆《か》けのぼる。さきほどと同じように、敦と鏡花に向かって飛び込んでくる。このままでは殺される——！

到底敵《とうていかな》わない力を奮う獣に、震《ふる》えそうだ。しかし、ぐっと堪《こら》えて、敦は獣に備える。隙《すき》を見せるわけにはいかない。うかうかしていては、道路に流れる血のあるじとおなじことになってしまうだろう。となりを見なくても、鏡花が同じように考えているであろうことが敦には感じられた。いくよ、と鏡花に呼びかける。

正体不明の黒い獣を倒《たお》すため、敦と鏡花はそれぞれに叫《さけ》ぶ。みずからの刃《やいば》たる異能を呼び出す。

「異能力、月下獣《げっかじゅう》！」

「異能力、夜叉白雪！」

己《おのれ》の体を虎《とら》に変じさせる敦の異能、月下獣。

刀を持った禍々《まがまが》しい異形の夜叉《やしゃ》を具現化する異能、夜叉白雪。

どちらも強い攻撃力を持ち、敵を殲滅《せんめつ》する強力な異能。けれど——。

——何も、起こらなかった。


敦は虎に変わることなく、夜叉白雪も現れない。まるで手ごたえがないのだ。


「な……!?」

思わず敦は言葉を失い、鏡花も瞠目《どうもく》している。こんな異変は、初めてだった。

しかし二人が驚《おどろ》いている間にも、正体不明の獣は咆哮《ほうこう》をあげ襲い掛かってくる。


「！」

鏡花が、敦の腕《うで》を力強く摑《つか》む。そのまま手を引いて駆け出した。

コンクリートと鉄と石。時が止まったような無機物でできた街を、敦は鏡花に引っ張られて走る。背後から、轟音《ごうおん》と白い煙《けむり》が上がり、例の獣が道路や車に体当たりをしながら追ってきているのが判った。

衝撃《しょうげき》にアスファルトが割れ、土煙が巻き起こる。細かい礫《つぶて》が背中に当たるのを感じながら、二人は逃《に》げる。

車をバリケードがわりにして逃げても。細い路地に入っても。方向を急に変更《へんこう》しても。謎《なぞ》の獣は車を薙《な》ぎ払《はら》い、ビルを吹《ふ》き飛ばし、素早《すばや》い動きで追ってくる。回り込む。宙を飛んだ車が大破し、ビルの壁《かべ》が盛大に崩《くず》れて白煙《はくえん》を上げた。

逃げても逃げても、獣は敦達をあきらめない。執念《しゅうねん》深く追い回してくる。圧倒《あっとう》的な力と速さに、二人は為《な》す術がない。——どちらも、異能を使えないのだから。

はあっ、はあっ、はあっ、はあっ。息を切らして、敦は駆ける。捕《つか》まるわけにはいかない。捕まれば、殺される。

呼吸が苦しくても、心臓と肺が張り裂《さ》けそうでも、足の筋肉が引きちぎれそうでも、立ち止まるわけにはいかない。脳に酸素がまわらず、目眩《めまい》がしそうだ。いつまで逃走《とうそう》を続ければいいのか。すぐ後ろに獣の息遣《いきづか》いがある錯覚《さっかく》をおぼえて、脂汗《あぶらあせ》が出る。破壊《はかい》の音が、どんどん近付いている気がした。まるで死神の跫《あしおと》だ。

怖《こわ》い。死ぬのは、殺されるのは、怖い。純然たる恐怖《きょうふ》が敦の全身を支配する。

ついさっき敦達の踏《ふ》み越《こ》えた車が、獣に飛ばされ、炎上《えんじょう》するのが判った。

獣の咆哮が聞こえ、衝撃風が敦達の髪《かみ》を巻き上げる。

速く、もっと速く逃げなければ——。

「——！」

走り込んだ曲がり角で、敦は何かに足を取られる。

「あーう！」

間の抜《ぬ》けた声が、交差点に響《ひび》きわたった。

2―3

みずからの足を躓《つまず》かせた存在を見て、敦は目を見開いた。

「国木田さん⁉」

敦が勢いよくぶつかったためか、交差点でうずくまる背の高い男。一房《ひとふさ》だけ伸《の》ばした髪が揺《ゆ》れ、眼鏡《めがね》をかけた顔は渋面《じゅうめん》をつくっている。まちがいない、国木田だ。

人の消えた街で、ようやく出会えた相手。しかも何かと頼《たよ》りになる探偵《たんてい》社の先輩《せんぱい》だ。

「……敦か」

苦しげに呟《つぶや》く国木田の服は、血で汚《よご》れていた。それも、右腕と左わき腹の二か所。特に左わき腹からあふれた血は多いようで、赤く黒ずんでいる。痛むのか、わき腹を押さえている。

「その傷！」敦は国木田の怪我《けが》を覗《のぞ》き込もうと、向かいにしゃがむ。「撃《う》たれたんですか⁉」

「弾《たま》は抜けてる。問題ない。それより」国木田が真剣《しんけん》な顔で告げた。「連続自殺の理由がわかったぞ」

「え――」

国木田の言葉に、敦は目を見張る。となりにいる鏡花も神経を尖《とが》らせたのが判《わか》った。

だが、続きを促《うなが》す前に、近くで破壊音が響く。――例の正体不明の獣だ。逃げた敦達に、もう追いついたのだろう。

ドン！　強い衝撃とともに、近くにあった車のボンネットに獣が降り立つ。霧《きり》に遮《さえぎ》られ、獣の姿は影しか見えないが、しなやかで大きな体と太い四本の脚《あし》、弓なりに上げられた尾《お》が明らかになる。

「……っ」

国木田が追いつめられたように顔を歪《ゆが》めた。敦達が説明せずとも、獣が敦達を狙《ねら》っていると判っているらしかった。

据《す》わった目で、国木田は獣を注視する。獣が降り立った車のそばで、壊《こわ》れた信号機がバチバチと音を立てた。漏電《ろうでん》している。

直後、国木田が腰《こし》から拳銃《けんじゅう》を抜き、素早く撃った。

連続で放たれた三発の銃弾《じゅうだん》は、獣が降り立った車のガソリンタンクを貫《つらぬ》く。タンクからガソリンが噴《ふ》き出し、道路にこぼれた。

ガソリンの引火点はマイナス四〇度以下。静電気などの火花でも容易に引火する。さらに、揮発し、発生したガソリン蒸気の燃焼範囲《ねんしょうはんい》は広い。濃度《のうど》がある程度薄《うす》くても燃焼するのだ。数十センチ離《はな》れていたところで、大気より比重の重いガソリン蒸気は下に流れ、燃焼可能な状態で火花と接触《せっしょく》可能となる。必然、蒸気が及《およ》ぶ広い範囲で急激な燃焼が起こる。――すなわち、爆発《ばくはつ》する。

あ、と敦が思う間に、信号機から漏《も》れた電気が火花となってガソリンに引火し、大爆発を引き起こした。

凄《すさ》まじい爆発音とともに目の前がオレンジ色で染まり、熱風が吹き荒《あ》れる。橙色《だいだいいろ》の炎《ほのお》と白い煙が広がった。

「逃げるぞ！」国木田が怒鳴《どな》り、鏡花が駆け出す。爆発に怯《ひる》みつつ、敦も急いで足を踏み出した。


狭《せま》い通路には、薄汚《うすよご》れた太いダクトが幾何学《きかがく》模様を描《えが》いて天井《てんじょう》と壁を入り乱れる。埃《ほこり》っぽい空気が停滞《ていたい》し、照明もほとんど無い。街の裏側とでも云《い》うべき、薄暗い場所だ。

敦達は音を立てて金属質の床《ゆか》を走り、通路の奥のくぐり戸へと進む。

国木田が警戒《けいかい》してくれている間に敦は鏡花を先にくぐり戸の向こうに行かせる。続けて自分も通り、国木田さん、早く、と急《せ》かした。

三人ともが、くぐり戸を通り、金属でできた格子《こうし》状の扉《とびら》を下ろす。通路は狭く、さきほどの獣《けもの》が通れるとは思わない。格子状の金属扉は、人間では破れない強靭《きょうじん》さがある。きっと、これで簡単には後を追ってこられないはずだ。

がしゃん、と閉まった金属扉の音に安心したのか、敦はうしろを走る国木田が体勢を崩したことに気付いた。

「国木田さん！」

本当は痛みで立っていられないほどなのかもしれない。敦はすぐに国木田のもとに駆《か》け寄り、目線を合わせてしゃがみこむ。

「……」何かに気付いたように、鏡花が一人、何も云わず先へと走っていった。

「鏡花ちゃん？」

敦には、鏡花が何を考えているのか、なぜ一人で先に進んだのか判らない。追いかけようとするが、国木田のうめき声が聞こえて、思いとどまった。鏡花には鏡花の考えがあるのだろう。任せていて問題ない。鏡花のことは信頼《しんらい》している。それより、今は重傷を負った国木田が心配だった。

「大丈夫《だいじょうぶ》ですか？　何があったんです」

探偵社のなかでも腕利《うでき》きの国木田がこれほどの傷を負うなど、尋常《じんじょう》ではない。

案じる敦に、国木田が視線を合わせた。切羽《せっぱ》詰《つ》まった国木田の眼差《まなざ》しが、眼鏡越《ご》しに敦に向けられる。

「自分の異能にやられた……」

——え？

敦は目を剝《む》き、硬直《こうちょく》する。

咄嗟《とっさ》に、頭が理解できなかった。

「……自分の、異能に？」

かすれた声で、敦がくりかえす。

国木田の背後で、堅《かた》く閉じたはずの扉が散り散りに砕《くだ》けた。

まばゆい剣閃《けんせん》が見え、斬《き》り刻まれたのだと気付く。

「！」

国木田と敦が息を呑《の》んだ。それは、誰《だれ》も入ってこられないと安心したはずの金属扉が一瞬《いっしゅん》で壊されたからではない。斬り刻まれた扉の向こうに、見知った姿が見えたからだ。——夜叉白雪。

仮面の顔と白い着物、長い髪をなびかせた剣の使い手。

鏡花の異能であるはずの夜叉白雪が、今、敦達に襲《おそ》い掛《か》かっている。

その額には、見覚えのない赤い結晶《けっしょう》が輝《かがや》いていた。

な……、と叫《さけ》ぶ暇《ひま》もない。同時に、夜叉白雪が現れたのと反対方向、敦達が進もうとしていた先から、車の急ブレーキ音が聞こえてきた。見れば、さいごの金属扉が開け放たれ、その向こうの路地に一台の車両が停《と》まっているのが見える。車両のドアは開けっ放しで、運転する少女が見えた。

「乗って！」運転席で声を上げるのは鏡花だ。

「走れ、敦!!」国木田が全身で叫んだ。機会を逃《のが》すわけにはいかない。

「……っ」云われるまま、敦は反射的に駆けだす。

敦を援護《えんご》するため、国木田が夜叉白雪に発砲《はっぽう》した。銃声が響き、夜叉白雪の銃弾を斬る音が聞こえる。

気になることはたくさんある。それでも今は無我夢中で走り、敦は国木田とともに鏡花の運転する車に乗り込む。

敦達が車のドアを閉めたと同時に、鏡花が車を発進させた。

急発進した車は、エンジンに振《ふ》り回されるようになりながらも霧の奥へと突《つ》き進む。

敦達が逃《に》げ去り、車が霧で見えなくなった後。

残された夜叉白雪は車の去っていった方向を静かに見据《みす》える。

額にある赤い結晶が、不気味に煌《きらめ》いた。

2—4

人のいない、時間が停止したような夜の街を、一台の車が乱暴に走りぬける。

限界まで速度を出しているからか、カーブを曲がるたびに耳障《みみざわ》りな音をたて、車体が大きく揺《ゆ》れる。それでも速度を緩《ゆる》めず疾走《しっそう》する。

鏡花が運転するその車の助手席には、怪我《けが》をした左わき腹をおさえる国木田が座っている。

「国木田さん」後部座席の敦が声をかけた。「さっき云ってた連続自殺の理由って……」

「……異能者は自殺したのではない」抑《おさ》えた声で、国木田は云う。「自分の異能に殺されたのだ」

「…………」

自分の異能に殺された。信じがたい言葉に、敦も鏡花も押し黙《だま》る。

だが、嘘《うそ》だと断じることはできなかった。

なにより、敦達は先ほどの夜叉白雪を見ているのだ。

それに——……。

敦達を襲ってきた、大きくて兇暴《きょうぼう》な獣。

ありえないと思って、考えることもしなかった。だけど、あれは、まさか——。

……虎《とら》、だったのか？

虎が、自分を殺そうとしているのだろうか。

実際問題、月下獣は使うことができなかった。

何時《いつ》の間にかは判《わか》らないけれど、すでに虎は敦から分離《ぶんり》していたということだろう。

こんなことが起こるなんて……。

黙り込む敦達に、国木田が告げた。「とりあえず、探偵《たんてい》社へ急げ」


霧《きり》に囲まれた、赤煉瓦《あかれんが》づくりのビルのなか。武装探偵社の内部は、誰もおらず、ひどい有様になっていた。

「うわ……なんだこれ……」

ひしゃげたロッカー、倒《たお》された家具、割れた照明、誰かに殴《なぐ》られたように陥没《かんぼつ》した机……。

書類や破片《はへん》が散らばり、足の踏《ふ》み場もない。数日前に社員のほとんどが集まった会議室も同様だ。長机は壊《こわ》され、倒され、ばらばらになった椅子《いす》のうえにモニターが落とされている。無茶《むちゃ》苦茶《くちゃ》だ。無事なものが見当たらない。

激しい戦闘《せんとう》の跡《あと》に敦が戸惑《とまど》っていると、国木田が急《せ》かした。「社長室だ」

敦と鏡花は頷《うなず》き、痛みと出血で呻《うめ》く国木田を支えながら社長室へと向かう。途中《とちゅう》、カーテンが破られ、棚《たな》がぼろぼろになった医務室が見えた。

——医務室でも戦闘があったのか。見れば見るほど探偵社に残された襲撃《しゅうげき》の跡は酷《ひど》く、敦の胸が騒《さわ》ぐ。他《ほか》の社員を誰も見つけられないことも、厭《いや》な想像に拍車《はくしゃ》をかけた。

だが、逆に云《い》えば誰かの遺体を見つけたわけでもないのだ。自分と違《ちが》って、経験豊富な先輩《せんぱい》社員達なら、きっと自力で何とかしている。それより、今できることをしなければ。自分を奮い立たせ、敦は社長室へと急ぐ。

社長室も矢張《やは》り、他の部屋と同じく書類や倒れた家具が散乱していた。普段《ふだん》の静謐《せいひつ》さは欠片《かけら》も感じられない。

国木田が敦達の手を振り払《はら》うようにして室内に駆け入り、社長の机を思いきり蹴飛《けと》ばす。重厚《じゅうこう》なマホガニーの机が吹《ふ》き飛ばされた。

「国木田さん!?」

驚《おどろ》く敦の見る前で、国木田は胸《むな》もとから探偵証を取り出し、床《ゆか》に差し込む。

よく見れば、タイルの目地が偽装《ぎそう》した差込口になっているのが判った。国木田が探偵証を差込口に滑《すべ》らせる。フロアタイルの隙間《すきま》に光が走った。

小さく電子音が鳴り、床のタイルが持ち上がる。タイルの下にあったのは、複雑そうな電子機器だ。

社長室の床にこんなものが隠《かく》されていたなど、敦は初めて知る。

国木田が迷いなく電子機器を操作し、掌紋認証《しょうもんにんしょう》を行った。

何です、それ？　と敦が問いかけ、国木田が答えるよりも前に、大きな音が室内に響《ひび》き、社長室の壁《かべ》から液晶《えきしょう》の画面がせりだしてくる。

随分《ずいぶん》と凝《こ》った機構で現れた画面には、白黒の砂嵐《すなあらし》が映り、雑音《ノイズ》が走っていた。けれど雑音《ノイズ》の間に、誰かの声が聞こえた。『……繋《つな》がりそうです』

ざざ、と雑音《ノイズ》の交じる白黒画面が、人のかたちを作ろうとしている。どこかと連絡《れんらく》をとろうとしているようだ。画面の向こうで、誰かが誰かに語りかけている。

『暫《しばら》く、このレベルをキープしてください。とりあえず妨害《ぼうがい》できないようです……聞こえますか？』最後の言葉は、画面のこちら側に向けられたものだろう。『福沢社長、ですか？』

「国木田です」接続が悪いのか、乱れる画面に国木田が答えた。「社長は現在行方《ゆくえ》知れずです。そちらは異能特務課で間違いないですか？」

異能特務課？　国木田の言葉に驚き、敦は画面を見つめる。

ようやく接続が安定したのか、乱れが消え、丸眼鏡《まるめがね》をかけた学者風の青年が画面に映った。

『はい。僕は異能特務課の、坂口安吾です』安吾が矢継《やつ》ぎ早に続ける。『国木田さん、現在そちらはどういう状況《じょうきょう》ですか？』

「俺以外には、ここに中島敦と泉鏡花がいます。それ以外の社員は、現在、行方不明です」

『了解《りょうかい》しました……』

国木田の回答に、安吾がやや沈《しず》んだ声で頷く。

『回線が不安定なので手短に話します』暗い社長室に、安吾の映る画面だけが光を放つ。『例の霧の現象が、このヨコハマでも起こってしまいました。ただし、これほど大規模な霧は、過去に観測例がありません』

安吾の言葉とともに画面が切り替《か》わり、衛星で撮《と》った上空からの画像らしきものが映される。日本全体を映していた画像が徐々《じょじょ》に拡大され、神奈川県周辺が映し出された。県東部、ヨコハマの上空が白い霧で覆《おお》われている。安吾の説明する声が届く。

『拡大こそ止まっているものの、現在、ほぼヨコハマ全域が霧に覆われ、外部と遮断《しゃだん》された状態にあります。ヨコハマ内部の人間は、その殆《ほとん》どが行方不明、または消失……異能者のみ存在しているようですが、彼ら——つまり貴方《あなた》がたにも、危機が迫《せま》っています』

画面が替わり、再び安吾の顔が映される。

国木田が硬《かた》い表情で同意した。

「こちらでも確認しました。この霧の中では、異能力者から異能が分離し、持ち主を殺そうとします」

同日、同時刻。

敦が国木田と安吾の通信を見守っていたとき、ヨコハマの各地では激しい戦いが繰《く》り広げられていた。

楕円形《だえんけい》をした珍《めずら》しい歩道橋で、おなじ背格好をした二人の少年が向かいあう。片方の影《かげ》が、手にした標識を振《ふ》るった。

膨大《ぼうだい》な膂力《りょりょく》で振るわれた標識が豪風《ごうふう》を生み出す。赤い標識に書かれた『止まれ』の文字がむなしい。

耐《た》えきれず、相対していた雀斑《そばかす》顔の少年——宮沢賢治が歩道橋から飛び降りた。幸い、歩道橋はたいした高さもなく、交差点には多くの車が停車したままだ。

賢治は車の屋根に飛び降り、数百キロの重さがある標識をこともなげに扱《あつか》う、自分とおなじ姿の相手を睨《にら》みつけた。身体強化の異能、《雨ニモマケズ》の異能が分離した姿だ。

本来の主《あるじ》である賢治に対して、異能は殺意を向ける。

その額には、赤い結晶《けっしょう》が輝《かがや》いていた。

一方、谷崎潤一郎は白い霧に視界を奪《うば》われていた。

油断なく周囲を見回す。だが、幻影《げんえい》に気をとられた隙《すき》に、華奢《きゃしゃ》な指が谷崎の首にかけられる。

幻影が消え、緑に囲まれた広場があらわになった。

噴水《ふんすい》とモニュメントに囲まれた場所で、谷崎の顔が苦悶《くもん》に歪《ゆが》み、体ごと宙に持ち上げられる。

背後から谷崎の首を絞《し》めるのは、谷崎とおなじ顔の存在。

赤い結晶を額につけた谷崎の異能、《細雪《ささめゆき》》だ。

《細雪》は、雪を降らせ、その空間をスクリーンとして幻影を見せる。それを見事に利用されたかたちだった。


石畳《いしだたみ》が広がる広場で剣戟《けんげき》を打ち鳴らすのは福沢諭吉と、その異能だ。

福沢の異能《人上人不造《ヒトノウエニヒトヲツクラズ》》は、自分の部下にのみ発動する。部下の異能の出力を調節し、制御を可能にするという特異なものだ。そのため、国木田や賢治、谷崎のように、特殊な能力を使われることはない。ただ、分離した異能は自らを鏡で映したような存在。すなわち、銀狼《ぎんろう》の二つ名を持つ福沢と同じ技量を持つ相手となる。

刀が打ち合うごとに銀杏並木《いちょうなみき》が震《ふる》え、石畳が削《けず》られる。

御影石《みかげいし》で作られた、美しい左右対称《さゆうたいしょう》の柱廊《ちゅうろう》を背景に、二人は激しくぶつかりあう。

福沢とおなじ姿をした異能が、地上を滑るように駆《か》け、距離《きょり》をとる。振り向いた額には、やはり、赤い結晶があった。

福沢もまた、刀を手にして振り向く。

空間が軋《きし》み、音が消えた。

銀狼同士の戦いは、常人の目では捉《とら》えきれないレベルに達していく。

与謝野晶子もまた、瀕死の外傷を治癒するという自らの異能、《君死給勿《キミシニタマウコトナカレ》》と相対していた。

愛用の鉈《なた》を振り回し、自分とおなじ姿の女を攻撃《こうげき》する。重みのある鉈は遠心力の助けも借りて強力な一撃となり、赤い結晶を額に戴《いただ》いた女の腕《うで》を刈《か》り取る。女の右腕が軽く飛んで地面に落ちた。だが、女は慌《あわ》てない。

素早《すばや》く後ろに飛びすさり、地面に落ちた自らの腕を拾う。断面に斬《き》り離《はな》された腕をあてがうと、異能の光が右腕を包み込んだ。数瞬《すうしゅん》の間で、斬られたはずの手が繋がる。異能の力だ。

繋がった手を向けて挑発《ちょうはつ》する異能に、与謝野は口を歪める。これは確かに厄介《やっかい》だねェ、と、小さく呟《つぶや》いた。

戦いは終わらない。

自らの異能に勝つか、敗北して死ぬか、あるいは。

〝元凶《げんきょう》〟が断《た》たれるまで。

『幸い、この現象の元凶と思われる異能者の居場所は特定しています』

武装探偵《たんてい》社の社長室で、画面の向こうの坂口安吾が端的《たんてき》に告げた。

画像が切り替わり、さきほどと同じヨコハマの衛星写真になる。霧《きり》の中心を、赤い光点が示した。

『ヨコハマ租界《そかい》のほぼ中心地、骸砦《むくろとりで》と呼ばれる、廃棄《はいき》された高層建築物です』

安吾の説明にあわせて、画面に不気味な形をした漆黒《しっこく》の塔《とう》が映し出される。幾《いく》つもの尖塔《せんとう》を備え付けた姿は、精緻《せいち》すぎる彫刻《ちょうこく》のせいか、どこか禍々《まがまが》しさを感じさせた。

周囲に高い建物は無く、孤高《ここう》に聳《そび》え立つ姿は他者を寄せ付けない。

画面を見ていた国木田が問いかけた。「やはり、例の澁澤龍彥ですか？」

「！」

澁澤龍彥。

数日前、会議室でも聞いた名に、敦の指が微《かす》かに動いた。

――なんだ？

自分でも判《わか》らない。ただ、何か無性《むしょう》に気になった。

澁澤龍彦という男のことが。

「…………」

頭のなかを、どこかで見た扉《とびら》が過《よぎ》る。荘厳《そうごん》で重厚《じゅうこう》な、神々《こうごう》しい扉。

それは、開けてはいけない扉。思い出してはいけないことだ。

敦は思考を中断し、安吾の声に集中する。鏡花が、ちらりと敦を気にしていることには気づかなかった。

安吾が続ける。『……貴方がた探偵社に重要な任務を依頼《いらい》します』

画面には既《すで》に骸砦ではなく、安吾の姿が映っていた。

『首謀者《しゅぼうしゃ》である澁澤龍彦を排除《はいじょ》してください。方法は問いません』

安吾の言葉に、鏡花が目を細める。「……」何かを諒解《りょうかい》したように、鋭《するど》い眼差《まなざ》しで頷《うなず》いた。

『それと』淡々《たんたん》と安吾が云《い》う。『これは補足ですが、その首謀者と同じ場所に、どうやら太宰君がいるようです』

「太宰が？」

厭《いや》な予感がしたのか、国木田がぴくりと片眉《かたまゆ》を上げる。眼鏡《めがね》が光を反射した。

もしかして、と敦は思い、国木田と安吾の会話に口を挟《はさ》む。「捕《つか》まってるってことですか？」

太宰のことだ。窮地《きゅうち》に陥《おちい》っているとは考えられない。けれど、心配だった。

敦の言葉を受けて、安吾の顔に、なぜか初めて動揺《どうよう》が走る。焦《あせ》ったように、声を荒《あら》らげた。

『このままではヨコハマが全滅《ぜんめつ》します。貴方達だけが――』

――プツン、ザザー。

安吾の声が途切《とぎ》れ、雑音《ノイズ》が急に大きくなる。画面は乱れ、再び白黒の砂嵐《すなあらし》になった。

敦が身を乗り出そうとした時、轟音《ごうおん》が響《ひび》き、事務所が揺《ゆ》れる。

「来たか……」国木田が眉を寄せた。

音と衝撃《しょうげき》の度合い、位置、そして数刻前の経験からして、何が起こったのか国木田には察せられた。

これは、武装探偵社の入るビルに手榴弾《しゅりゅうだん》が投げられたのだ、と。

おそらく相手は、眼鏡をかけた長身の男。その額には赤い結晶が輝き、その手には、頁《ページ》に書いたものを具現化する力を持つ手帳があるはずだ。

国木田の異能、《独歩吟客《どっぽぎんかく》》である。

敦達と合流する前に国木田が戦い、傷を負わされた相手だ。自分の能力なのだから、どういう攻撃をしてくるかくらい、予想がつく。

ただし、本来の国木田の手帳と異なり、分離《ぶんり》した異能が持つ手帳の表紙には『妥協《だきょう》』と書かれていることも知っている。理想を追い求めず妥協する自分など、国木田にとって唾棄《だき》すべき存在だ。

だから国木田は云う。「お前達は先に行け。奴《やつ》は俺が食い止める」

「でも、国木田さん」動こうとする国木田を、敦が追おうとする。「自分の異能力になんて勝てるわけが……」

「勝てるかどうかではない」国木田が立ち止まった。「戦うべきかどうかだ」

「っ、……」敦は足を止め、うつむく。

国木田が毅《き》然《ぜん》と告げた。

「俺は己《おのれ》に勝つ。いつだってそうしてきた」

宣言とともに、国木田は壁《かべ》に掛《か》けられた掛け軸《じく》の奥の壁を叩《たた》く。『天は人の上に人を造らず』と書かれた福沢の掛け軸が揺れ、天井《てんじょう》から隠《かく》し棚《だな》が下りてくる。

棚に並べられているのは、いくつもの銃火器《じゅうかき》だ。

「これって……」突然《とつぜん》現れた武器に、敦が慄《おのの》く。

「うちは〝武装〟探偵社だぞ」茫然《ぼうぜん》とする敦に、国木田が堂々と答えた。拳銃《けんじゅう》とマガジンを取り、慣れた手つきで装填《そうてん》する。ジャキン、と、硬質《こうしつ》な音が室内に響いた気がした。

持ってけ、と国木田が敦と鏡花に拳銃を渡《わた》す。ただし鏡花は、私はいらない、と即答《そくとう》したため、受け取ったのは敦だけだ。

いきなり渡された冷たく重い感触《かんしょく》に、敦は戸惑《とまど》いを隠せない。

国木田が、自分の武器を物色しながら云う。

「奴の能力では手帳のサイズを超《こ》えた武器は作り出せん」決めたのか、武器を取る。「俺が引き付けている間に、裏口から逃《に》げろ」

国木田の選んだ武器はスライド式散弾銃、レミントンM870。

一米《メートル》近くある銃を持ち、弾《たま》を込める。フォアエンドを引いて、いつでも発砲《はっぽう》できる状態にした。ポンプアクションの厳《いか》めしい音が出る。「急げ！」

「！」

緊迫《きんぱく》した国木田の声に押し出されるように、敦は鏡花と駆け出した。

敦と鏡花が武装探偵社から逃げ出したころ。

坂口安吾は、拳《こぶし》を握《にぎ》りしめていた。

暗い室内。無数のモニターが目まぐるしく動き、背広を着た多くの人間が画面や机に向かう。

慌ただしい声とコンピュータを操作する音が重なる。

異能特務課。

その指令席で、安吾は立ち上がる。先ほどまで繋《つな》がっていた武装探偵社、国木田独歩との通信は切れてしまった。再び通信が繋がることを祈《いの》るのは徒労だろう。早々に諦《あきら》め、職員に問いかけた。

「異能者ナンバーA5158の居場所は摑《つか》んでいますか？」

「はい」答えたオペレーターに、安吾はメッセージをお願いしますと頼《たの》む。

「なんと伝えますか？」

霧に包まれたヨコハマの画像を見ながら、安吾は言葉を紡《つむ》ぐ。もはや、猶予《ゆうよ》はない。

思いつめた声で告げた。

「……教授眼鏡に借りを返せ、です」


再び車に乗り発進した敦と鏡花は、背後で大きな爆発《ばくはつ》音がしたことに気付いた。「国木田さん！」

敦が助手席から振《ふ》り返ると、赤煉瓦《あかれんが》のビルが煙《けむり》を上げているのが見える。ちょうど探偵《たんてい》社が入っている四階のあたりだ。暗い夜に、炎《ほのお》がきらめく。

国木田は無事なのだろうか？　だが、戻《もど》れるわけもない。信じるしかない。

「……国木田さん、大丈夫《だいじょうぶ》かな」

弱気に呟《つぶや》いた敦に、爆発音にも動揺せず車を走らせ続ける鏡花が答えた。「今の私達にとって最優先事項《じこう》は、澁澤龍彦の排除」

ぼんやりと、敦は澁澤の名を繰《く》り返す。

初めて探偵社の会議室でその名を聞いてからずっと、澁澤という存在は妙《みょう》に敦の心を騒《さわ》がせる。

「澁澤龍彦……」

「澁澤龍彦って、どんなやつなんだろ……」

どうしたの、と物問いたげな鏡花に、敦はぽつりとこぼす。

「鏡花ちゃんは排除って云うけど……澁澤龍彦ってやつがどんな悪いやつでも、必ず殺す必要はないよ。捕まえればいい」

恐怖《きょうふ》から逃げるように、考えをめぐらせる。ふと砂色の長外套《がいとう》が頭をよぎった。思い至ったのは、頼《たよ》りになる恩人の姿だ。

「そうだ」敦が鏡花を見る。「太宰さんを助け出せば、きっと何とかしてくれる」

縋《すが》る思いを込めて、敦はぶつぶつと自分に云い聞かせる。

そうだ、太宰さんを助け出せば何とかなる。太宰さんならきっと……。

「…………」

敦の呟きに、鏡花は何も云わない。

前を向く鏡花が、ひどく冷たい眼差しをしていることに、敦は気付けなかった。

幕間・2—1

遠くで鐘《かね》の鳴る音が聞こえた。

青白い満月が闇夜《やみよ》の霧《きり》を照らす。

霧は雲海のように世界を覆《おお》い、涯《はて》が見えない。黒い塔《とう》が、霧から突《つ》き出て月へと延びていた。

中央の塔を支えるように、有機的な曲線と幾《いく》つもの鋭《するど》い尖塔《せんとう》が絡《から》み合う。偏執《へんしゅう》的なまでに細かく施《ほどこ》された外壁《がいへき》の装飾《そうしょく》は、どこか不気味な雰囲気《ふんいき》がある。人の骨が組み合わさったようだと思う者もいるかもしれない。

不吉《ふきつ》な塔で、宴《うたげ》が開かれる。


「太宰君」

塔の最上階にある広間で、硝子《ガラス》張りの壁から地上を見ていた太宰に、後ろから声がかけられる。靴音《くつおと》を響《ひび》かせて近付いてきたのは、白髪《はくはつ》に赤い目をした男。澁澤龍彦だ。

澁澤が太宰に問いかける。「そんなものを見ていて退屈《たいくつ》ではないのか？」

「……退屈？」

感情の消えた顔で、太宰が問い返した。澁澤が頷《うなず》く。

「ああ、私は退屈だよ」

澁澤と太宰のあいだにあるテーブルには、なぜか髑髏《どくろ》が飾《かざ》られている。髑髏を彩《いろど》るように、まわりには赤いリンゴが美しく盛りつけられていた。リンゴのうち二つには、ナイフが刺《さ》さっている。つい数秒前まで、リンゴに刺さったナイフは一本であったというのに。

澁澤はゆっくりとテーブルに近付きながら、囁《ささや》くように続けた。

「一面の白と虚無《きょむ》……ざらつきしかない世界」澁澤の視線がテーブルの上に向けられる。「今夜このヨコハマのすべての異能が私のものになるだろう」詰《つ》まらなそうに、澁澤は予測を事実として語る。「私の頭脳を超え、予想を覆《くつがえ》す者は今回も現れない……実に退屈だ」

「私も昔、同じように退屈していたよ」太宰が窓の外を見つめながら答える。

「どう乗り越《こ》えた？」

「口で云《い》うより、やってみせたほうが早い」

太宰がようやく澁澤のほうを振り向き、テーブルに近付く。悠然《ゆうぜん》としたしぐさで、三つ並べられた椅子《いす》のひとつに座った。

澁澤は太宰の姿を見つめたまま、何も云わない。

「ほら。現に君は今、私の真意が判《わか》らない」太宰が穏《おだ》やかに告げた。「君に協力しているのか、利用して裏切る気なのかも」

太宰の視線は澁澤を見ておらず、声からは太宰の本音が読み取れない。

けれど澁澤は、太宰の挑発《ちょうはつ》に微笑《ほほえ》みで応《こた》えた。「読めないと思っているのは君だけだ」

太宰がそっと目を伏《ふ》せる。「やはり君には救済が必要だ」

「誰《だれ》が私を救済できると云うのかな」澁澤が小さく嗤《わら》った。

「さぁ……天使か」太宰が、テーブルに飾られた髑髏を手に取る。「それとも、悪魔《あくま》か」

髑髏の頬《ほお》には、斜《なな》めに走る傷がある。いつのまにか、ナイフの刺さったリンゴが三個に増えていた。同時に、第三の声が太宰と澁澤の会話に割って入ってくる。

「——ぼくに云わせれば、お二人とも真意は筒抜《つつぬ》けですよ」

楽しげに笑い、三人目の男は太宰の手から髑髏を取る。「そんな嘘《うそ》では戯曲《ぎきょく》は紡げない。観客も興醒《きょうざ》めです」

暖かそうな外套《コート》をひるがえし、長靴《ブーツ》で高らかに踵《かかと》を鳴らす。

露西亜帽《ウシャンカ》の耳当てを揺《ゆ》らしながら歩いてきた黒髪《くろかみ》の男が、紫水晶《むらさきずいしょう》の瞳《ひとみ》で太宰と澁澤を睥睨《へいげい》した。

『魔人』フョードル君……」澁澤が和《なご》やかに三人目の男を迎《むか》える。「君にも踊《おど》ってもらおう。私の協力者として」

「協力？」太宰が横で笑いをこぼす。「彼が裏切る可能性が一番高いよ」

「全くその通り」フョードル自身が愉快《ゆかい》げに同意し、気安い様子で席についた。

太宰とフョードルの言葉を受け、澁澤は静かに自らも席につく。その表情は柔《やわ》らかく、自信に満ち溢《あふ》れている。

「今まで私の予測を超《こ》えた者は一人もいない……期待しているよ」

三者三様の目的と意思とが交錯《こうさく》する。誰が己《おのれ》の目的を達成できるのか、結末は未《いま》だ見えない。

そもそも彼らの目的など、誰にも判らないのだから。

「もっとも」フョードルが歌うように云った。「一番気の毒なのは、この街の異能者諸君です」

極寒《ごっかん》の地にある氷を思わせる、冷えきった笑《え》みを浮《う》かべる。

「我々三人の誰が勝ち残っても、彼らは全員死ぬのですから」

第三章

3―1

「このまま異能が戻ってこなかったら、どうしよう……」

吐息《といき》まじりに、敦は呟いた。敦がいるのは、鏡花の運転する車内のままだ。国木田を置いて武装探偵社を出てから、まだたいして経《た》っていない。

車は濃《こ》い霧の中を猛《もう》スピードで爆走《ばくそう》し、中華街《ちゅうかがい》をすり抜《ぬ》けていく。速度を落とさず曲がるので、カーブのたびにドリフトでタイヤが悲鳴をあげた。

「この霧の中、こんなスピードで走って大丈夫《だいじょうぶ》？」

やや怯《おび》えながら敦が鏡花に問いかける。鏡花が冷静に答えた。

「ヨコハマの地形は全《すべ》て頭に叩《たた》き込まれている。暗殺のスキルは異能力とは関係ない。夜叉《やしゃ》が追いつく前にできるだけ距離《きょり》を稼《かせ》ぐ」

異能を奪《うば》われても、個人が持つ知識や技能は残るから問題ない、ということなのだろうが、厭《いや》なことを説明させてしまったはずだ。なにせ、鏡花は暗殺者時代の自分を嫌《きら》っている。

余計なことを云ってしまった心苦しさに、敦はうつむく。

下を向いていると、ろくな考えが浮かばない。

改めて現状を思い出し、分離した異能か、と、心の中でため息をついた。

「……昔、自分が異能力で虎《とら》になって暴れてたって知ったときは、そんな力なくなればいいのにと思ったけど」自嘲《じちょう》気味に敦がこぼす。「まさかその虎に襲《おそ》われる日が来るなんてね……」

所在なげに敦が鏡花を見ると、鏡花は覚悟《かくご》を決めた眼差《まなざ》しで前を向いていた。不安そうな敦とは正反対だ。

「両親を殺した夜叉白雪を、味方だと思ったことはない」鏡花が決然と告げる。「敵対するなら倒《たお》すだけ」

鏡花が云い放った直後、車の天井《てんじょう》からカツン、と音が聞こえた。

なんだ？　敦は震《ふる》える。

「来た」鏡花が静かに視線を向けた。直後、車の天井を、刀が突き破ってくる。

「わっ、……と！」天井から刺し貫《つらぬ》こうとしてきた刃《やいば》を、敦は何とか躱《かわ》す。見覚えのある刃は、夜叉白雪のものだ。

夜叉白雪は、おそらく車の上に飛び乗ったのだろう。鏡花は思いきりハンドルを切って、夜叉白雪を車上から振《ふ》り落とそうとする。

夜叉白雪の刃が、ふたたび天井を突き破ってきた。次の狙《ねら》いは鏡花だ。

鏡花が刃を躱し、夜叉白雪の刃は運転席のシートに刺さる。シートから刀を抜くには、僅《わず》かとはいえ時間を要する。その数瞬《すうしゅん》の隙《すき》を見逃《みのが》さず、鏡花は敦の首を摑《つか》んで車を飛び出した。

ひっ、と敦が息を呑《の》む間に、鏡花によって車の外に連れ出される。むしろ、放《ほう》り出されたようなかたちだ。敦の体が地面に叩きつけられた。

鏡花という運転手を失った車は暴走し、電柱に激突《げきとつ》して爆発する。

爆風が吹《ふ》き、土煙《つちけむり》が上がった。

地面に転がった衝撃《しょうげき》と、届く爆風に、敦は体を縮こまらせる。

敦と違《ちが》って身軽に着地した鏡花が、素早《すばや》く短刀を構えているのが見えた。

鏡花の見据《みす》える先には、土煙を剣圧《けんあつ》で散らす夜叉白雪の姿がある。車の爆発では夜叉白雪に損傷は与《あた》えられなかったようだ。

夜叉白雪が鏡花に襲い掛《か》かり、鏡花が夜叉白雪の刃を短刀で弾《はじ》く。攻防《こうぼう》が続き、刃が打ち合う。

鏡花を援護《えんご》するため、敦は震える手で国木田に渡《わた》された銃《じゅう》を持つ。夜叉白雪に狙いをつけた。

が、しかし。銃は不発に終わる。

ガチッ、と何かが挟《はさ》まったような音がした。

「あ、安全装置《セーフティ》か……」まずい。呟《つぶや》きながら、敦はあわてて銃をがちゃがちゃといじる。不発の原因は、安全装置を外していなかったことだ。慣れない銃器の扱《あつか》いに戸惑《とまど》う。急がなきゃ、と思ったところで、鏡花の大声が響《ひび》いた。

「行って！」鏡花は夜叉白雪の刃を受けとめながら、敦に叫《さけ》んでいる。「早く！」

「‼」

見れば、鏡花と夜叉白雪は鍔迫《つばぜ》り合いをしていて、鏡花が押し負けそうになっている。

このままだと、鏡花が斬《き》られるのは時間の問題だろう。——だめだ！

「うわあああああ！」

声を絞《しぼ》り出し、敦は駆《か》けだす。頭のなかには、鏡花を助けることしかない。

僕が、僕が何とかしないと……！

敦が再び銃を構えた時。

黒い物体が、敦の視界を横切るように飛んできて。

そのまま、夜叉白雪に激突する。

なんだ……⁉

驚《おどろ》く敦の目前で、黒い影《かげ》は地面に落ちた。

自然、夜叉白雪がはじきとばされたおかげで、鏡花に逃《に》げる隙と体勢を整える時間が与えられる。黒い影は鏡花を救ったかたちだ。

けれど、それは意図的なものなのか？

敦から見て、黒い影もまた、何かに吹き飛ばされてきたように見えた。それが偶々《たまたま》、夜叉白雪にぶつかっただけだろう。
油断できない。
夜叉白雪に向けていた銃口を、黒い影にスライドさせ、敦は息をひそめる。
黒い影——黒い外套《がいとう》に包まれた短軀《たんく》が、もぞりと動いた。
まさか。
敦が目を見張る。
信じられなかった。
まさか、こんな場所で、こんな時に、こんな風に、この男に会うだなんて。
〝こいつ〟が吹き飛ばされてきたことも含《ふく》めて、現実とは思えない。
黒布の塊《かたまり》のようであった男が体を起こし、鋭《するど》い眼差しで敦を射る。
「お前……芥川《あくたがわ》」なかば茫然《ぼうぜん》と敦が名を呼ぶ。
漆黒《しっこく》の悪鬼《あっき》。走狗《そうく》。ポートマフィアの黒き禍狗《まがいぬ》。
——芥川。
敦にとっての敵であり、それ以上に敦を敵視してくる男だった。
「……貴様らか」土埃《つちぼこり》に塗《まみ》れた芥川が、忌々《いまいま》しげに舌打ちをして敦と鏡花を視認《しにん》した。
何故《なぜ》こいつが此処《ここ》にいるのか。そんなことは如何《どう》でもいい。
兎《と》に角、先制しなければ。

今度こそ安全装置を外し、敦は芥川に銃を構える。

けれど芥川は意に介《かい》さず、何もなかったような顔で立ち上がった。「不細工な武器だ。だが」

芥川が、ちらりと自分の来た方に視線を遣《や》る。「奴《やつ》には豆鉄砲《まめでっぽう》など効かぬぞ」

「奴？」

何のことか。訝《いぶか》しがりつつ、敦もつられるようにして芥川の視線を追う。

視線の先には、霧《きり》の中を歩いてくる人影《ひとかげ》が見えた。

全身に黒い包帯のようなものを巻いた影。

ゆらゆらと、生き物じみた動きで黒い帯が蠢《うごめ》く。

腹にあたる部分の帯の隙間には、夜叉白雪の額にあったのと同じ、赤い結晶《けっしょう》がきらめいていた。

見た瞬間、敦は直感する。

〝あれ〟は、芥川の異能、《羅生門《らしょうもん》》だ。

芥川も、分離した異能に襲われていたのか――！

さきほど、芥川が吹き飛ばされてきたのも、羅生門によるものだろう。

同時に、敦の背後から獣《けもの》の唸《うな》り声が聞こえてくる。

美しい毛並みと、しなやかな巨軀《きょく》を持つ白い獣。虎だ。

額には矢張《やは》り赤い結晶があり、ぎらぎらと殺意に輝《かがや》く瞳《ひとみ》をしている。

敦から分離した《月下獣》の異能、虎《とら》は、その姿をあらわにして近付いてくる。

……やっぱり僕達を襲ってきた謎《なぞ》の獣は、虎だったのか。敦は苦い思いで虎を見る。

夜叉白雪、羅生門、虎。

異能のなかでも攻撃力の高い三体に囲まれている事実に、冷や汗《あせ》が流れる。

まずい……。

敦が、ぎゅ、と銃を握《にぎ》りしめる。

羅生門が人外じみた動きで跳躍《ちょうやく》し、黒布を刃のように伸《の》ばす。

芥川が身構えた。

——が。

羅生門は、なぜか芥川ではなく、虎に襲《おそ》い掛かった。

虎が牙《きば》を剝《む》き、羅生門を迎撃《げいげき》する。

羅生門の黒い帯と、虎の鋭い爪《つめ》が交差した。

二体は縺《もつ》れ合い、激しい戦闘《せんとう》を始める。まるで見過ごせぬ怨敵《おんてき》を見つけたかのような姿だ。

どうやら異能同士も相性《あいしょう》が悪いらしい。持ち主達と同じだ。

「面白《おもしろ》い」芥川が興味深げに唇《くちびる》を歪《ゆが》めた。「どちらが強いか見届けるか」

「そんなこと云《い》ってる場合か！」敦は思わず怒鳴《どな》りつける。

あの速さ、大きさ、攻撃力。羅生門と虎が自分達を襲いはじめたら、異能を持たない身ではたいした反撃もできないだろう。夜叉白雪だって残っている。万事休《ばんじ》すだ。

事実、羅生門と虎が戦っているあいだに、夜叉白雪が躍《おど》り出てくる。

どうすべきか――。

迷っていると、鏡花が夜叉白雪の刃を押さえつつ、冷静な顔で芥川に告げた。「近くにマフィアの上層部だけが使える秘密通路があるはず」

「ふん……」芥川が不本意そうに眉《まゆ》をひそめつつ、敦に声をかけた。「こちらだ。来い、人虎《じんこ》」

マフィアの秘密通路だって？　突然《とつぜん》でてきた単語に敦は戸惑う。

芥川がすぐに体を翻《ひるがえ》し、歩きはじめた。

ついて来いという気だろうか。けれど、鏡花はまだ戦っている。

おい、と芥川を引き留めようとした敦を察したのか、鏡花が厳しい声で云う。「行って！」

敦と鏡花の目が合った。

「必ず行く！」鏡花の目は真剣《しんけん》そのもので、拒否《きょひ》を許さない。後から必ず行くというのも本気なのだろう。

「……わかった」躊躇《ためら》いつつも、鏡花を信じることにして、敦は芥川のあとを追った。

3―2

芥川が入って行ったのは、街中にある何の変哲《へんてつ》もない中華《ちゅうか》料理店だった。

カウンター席とテーブル席が並ぶ狭《せま》い店内。壁《かべ》に貼《は》られたメニューは年季がはいっているのか隅《すみ》が茶色く変色している。厨房《ちゅうぼう》は中華鍋《なべ》や食器などが雑多に積み重ねられながらも、それなりに清潔を保たれていた。どこにでもありそうな店に、何の用があるのか。

そもそも、あの芥川と二人で行動するなんて……。

戸惑いつつ、敦は駆ける芥川を追って厨房に入る。

芥川が、迷いのない手つきで流し台にあった包丁のうちの一本を摑《つか》み、厨房の壁を斬《き》りつけた。

振《ふ》り回される包丁の刃《やいば》が、芥川の後ろに立つ敦にまで届きそうになる。

どういう心算《つもり》だ⁉

あせって躱《かわ》す敦を無視して、芥川はさらに包丁を振り回す。

厨房の壁が一部崩《くず》れ、隠《かく》されていた細い隙間《すきま》のような穴が現れる。

芥川が素早《すばや》く、現れた隙間に包丁を突《つ》き入れた。

がしゃん！　大きな歯車の合わさったような音がして、機械音が鳴りはじめる。

芥川の前にあった壁が、プシュッ、と音を立てて開いた。

――隠し扉《とびら》だったのか。

芥川の持つ包丁と、包丁のつきたてられた隙間、そして開いた壁を見て、敦は思う。

これが鏡花の云っていたマフィアの秘密通路なのだろう。たしかに、巧妙《こうみょう》に隠されている。

敦だけなら気付かなかっただろう。

敦が驚いていると、背後にあった入り口から激しい音がきこえてきた。

振り返ると、鏡花が店のドアを壊《こわ》して駆《か》け込んできていた。

「鏡花ちゃん！」

鏡花の後ろには夜叉白雪が迫《せま》っている。鏡花がカウンターを飛び越《こ》え、敦達の方へと向かってくる。敦は芥川とともに隠し扉の向こうへと入り、鏡花を待つ。

すぐに夜叉白雪が店内に入り、刀を振り回す。

鏡花も隠し扉の中へと駆け込み、食器が割れる音とともに隠し扉が再び閉じる。

夜叉白雪の刃が届く寸前で、隠し扉が閉まった。

助かった――……。

敦がそっと息を吐《は》くのと、部屋が動き出したのは同時だった。

隠し扉の向こう側にあったのは、昇降機《エレヴェーター》だった。

業務用なのか、普通《ふつう》の昇降機より随分《ずいぶん》と広く、殺風景だ。

金属網《あみ》の床《ゆか》からはワイヤーが見えており、ゆっくりと地下に向かって動いているのが判《わか》った。

橙色《だいだいいろ》の照明が金属の壁に反射する。機械の稼働《かどう》音が聞こえ続けている。

芥川が口を開いた。「異能者襲撃《しゅうげき》を想定した非常通路だ。霧もここまでは入れぬ」

敦はちらりと芥川に目を向ける。「あの霧は一体、何なんだ？」

「……あれは龍《りゅう》の吐息《といき》だ」

「龍？」

芥川の回答は、予想外だった。敦が眉をひそめる。

どういう意味なのか。龍とは、一体——？

敦が問いを重ねるより早く、芥川が鏡花に声をかけた。「鏡花……お互《たが》い異能が無い今なら、お前の暗殺術で僕《やつがれ》を殺《や》れるぞ」

「…………」

芥川の挑発《ちょうはつ》に、鏡花は何も答えない。

無表情の鏡花を、芥川が嗤《わら》った。「どうした？　僕《やつがれ》との因縁《いんねん》を断《た》ち切りたかったのではないのか？」

「鏡花ちゃんは、もうお前のことなんか何とも思ってない！」芥川の言葉に苛立《いらだ》ち、敦は咄嗟《とっさ》に口を挟《はさ》む。振り向くと、芥川の冷ややかな視線とぶつかった。芥川から向けられているのは、間違《まちが》いなく殺気だ。

やっぱり、芥川は信用できない。――――敵だ。

心の内で思いつつ、敦は芥川を睨《にら》みつける。

芥川が、地上で最も愚《おろ》かな物を見るように敦を見た。「……異能が戻《もど》っていないこの状態で決着をつけるか？」まるで、異能を取り戻してから決着をつけるべきだ、と告げているようだ。

この云い方、まさか芥川は――。

敦の代わりに、鏡花が勢い込んで振り返った。「異能を戻す方法を知っている？」

芥川が頷《うなず》く。「戻す方法は知っている」

「何？」

芥川の言葉に、敦が息を呑《の》んだ。

三人の顔が、向かいあう。

「異能を撃退し倒《たお》せば所有者に戻る」淡々《たんたん》と告げ、芥川が呆《あき》れたように鼻で笑う。「この程度の情報すら知らぬのか？」

「……！」

敦にとって、初めて知る情報だった。

分離《ぶんり》した異能を倒すことで、異能が自分のもとに戻ってくる。

おそらく、国木田も知らなかったことだろう。

敦達を馬鹿《ばか》にするためかもしれないが、芥川は随分とあっさり情報を明かしてみせた。

芥川がどういう心算《つもり》なのか判らなくて、敦は身構える。

「……お前の目的は何だ」

警戒《けいかい》する敦に、鏡花が囁《ささや》きかけてきた。「多分、私達と同じ」

「同じって……」鏡花を見た敦が、芥川に目線を戻す。「澁澤？」

「奴《やっ》の臓腑《ぞうふ》を裂《さ》き、命を止める」敦の問いに対し、芥川が宣言した。「他《ほか》にヨコハマを救う方法があるか？」

「僕達は殺しはしない」敦が即座《そくざ》に云《い》う。「探偵《たんてい》社は、そういう仕事はしないんだ」

決して芥川と同じにしないでほしい。

そんな思いを込めて告げると、芥川が鼻で笑った。

「笑止《しょうし》。おめでたいな、人虎《じんこ》……鏡花、何か云ってやれ」

「……何のことだ？」

皮肉げに笑う芥川に、敦は眉《まゆ》を寄せる。

芥川が、ますます愉《たの》しそうに鏡花を顎《あご》で指した。「鏡花は仕事の趣旨《しゅし》を理解しているぞ。もとポートマフィアだからな」

どういう意味なのか。敦がそっと鏡花を見る。鏡花は、険しい顔で芥川を睨みつけていた。

鏡花が芥川を見据《みす》えたまま、口を開く。

「私はもう陽《ひ》の当たる世界に来た。探偵社員になるために、ポートマフィアはやめた」硬《かた》い声で、鏡花は覚悟《かくご》を込めて続ける。「……マフィアの殺しと探偵社の殺しは違う」

……え？　敦は思った。

殺す？

鏡花は、澁澤を殺す気でいるのか？

何故《なぜ》、どうして。いつから、そんな……。

思いが言葉にならず、敦は「鏡花ちゃん？」と上ずった声を漏《も》らす。

混乱する敦の頭に、芥川の無慈悲《むじひ》な声が響《ひび》いた。

「太宰さんが敵につく前であれば、異能無効化で殺さず霧《きり》を止められたかも知れぬが、今ではそれも叶《かな》わぬ」

「敵についた？　太宰さんが？」敦が驚愕《きょうがく》をあらわにする。

信じられなかった。到底《とうてい》、信じられるものではない。

それは、ありえないことだ。

しかし芥川は表情を変えない。

「しかり……」芥川が敦を見た。「あの人は自らの意思で敵側に与《くみ》した」

「太宰さんがそんなことするわけない！」思わず叫《さけ》ぶ。

声を荒《あら》らげた敦に、芥川は醒《さ》めた声で告げる。「かつてポートマフィアも裏切った人だ」

芥川は、もはや疑ってもいないのだろう。

太宰が探偵社を裏切ったと確信している。それだけの情報を持っているように見えた。

たしかに、坂口安吾も、太宰が澁澤龍彦とともに居ると云っていた。

あれは、澁澤に捕《と》らわれているという意味じゃなかったのか？

まさか――。

「…………っ」

それでも信じられなくて、敦は言葉を詰《つ》まらせる。

芥川が冷徹《れいてつ》に告げた。「太宰さんは僕が殺す《やつがれ》」芥川の瞳《ひとみ》には、確固たる決意が宿っている。

異常なほど鋭《するど》い眼光が敦を刺《さ》す。迫力《はくりょく》に、気圧《けお》されるようだった。

つい目を逸《そ》らし、敦は問いかける。「……お前に、太宰さんが殺せるのか？」

きっと無理だ。敦はそう思う。

なにせ芥川は、太宰に酷《ひど》く執着《しゅうちゃく》している。常軌を逸しているとさえ感じるほどに。

にもかかわらず、その太宰を殺すなど、不可能に違いない。

けれど芥川は執着を瞳に宿したまま、云う。「他の者の手にかかるよりは、この手で殺す」

「!」

芥川の言葉に、敦の背中に冷たいものが走った。

確かに、芥川らしい執着の在り様だった。

この男は、きっとやると云ったらやる。その想いのままに太宰を凶刃《きょうじん》にかけるだろう。そんなことは、許せない。

「……太宰さんを殺させたりしない!」敦は手にしていた拳銃《けんじゅう》を掲《かか》げ、芥川に銃口を向ける。

昇降機が、ようやく動きを止めた。

複雑な絡繰《からくり》を備えた扉《とびら》が開き、ダクトに囲まれた地下通路への道が開かれる。

芥川は敦に何も云わず、足を進める。かつん、と硬質《こうしつ》な音がひびいた。

歩きだす芥川の背に銃を向けたまま、敦は告げる。「お前とは一緒《いっしょ》には行けない」

昇降機の扉が、再び閉まりはじめた。

芥川の背が見えなくなる寸前。

鏡花の手が、扉を止めた。

「一緒に行く」

「えっ⁉」

鏡花の短い言葉に、敦は大声を上げたのだった。

幕間・2―2

骸砦の最上階。天井《てんじょう》まで届く窓が敷《し》き詰められ、ナイフの刺さったリンゴが飾《かざ》られた部屋の、さらに奥。闇《やみ》のなかで、澁澤は他の二人を前に薄《うす》く微笑《ほほえ》んでいた。

「ようこそ、わがコレクションルーム、ドラコニアへ」澁澤の手には禍々《まがまが》しい髑髏《どくろ》がある。

闇のなかから、淡《あわ》く光る建物が浮《う》かび上がった。

サーカスの天幕のような、あるいは巨大《きょだい》な温室のような半球状の建物には、龍《りゅう》を象《かたど》った扉がある。蜷局《とぐろ》を巻き、建物を守る扉の龍は、手に赤い宝玉を持っていた。

扉が開き、澁澤曰《いわ》くコレクションルーム――ドラコニアへと招かれる。

ドラコニアの中央には台座のような柱があり、周囲の壁《かべ》は全《すべ》て飾り棚《だな》になっている。

三六〇度、見渡《みわた》す限りの棚。飾られているのは赤い結晶《けっしょう》だ。階層の上にも、同じように棚が広がり、結晶が収められているのが見える。

何百、何千という結晶が、ドラコニアの壁を彩《いろど》っていた。

「これが全て異能力か」太宰が壁を眺《なが》め、冷たく呟《つぶや》く。「よくもまぁこれほど集めたものだ」

「いい趣味《しゅみ》です。悪魔《あくま》が羨《うらや》むコレクションだ」フョードルがうっすらと、ほくそ笑《え》んだ。太宰に顔を寄せ囁く。「あなたが入ると、結晶体達が騒《ざわ》めきますね」

フョードルの囁きには気付かなかったのか、それとも気付いたうえで興味がなかったのか、澁澤がフョードルの〝悪魔が羨む〟という言葉に反応した。

「ならばさしずめ君は、悪魔に情報を売る死の鼠《ねずみ》だな」澁澤がフョードルを見る。「ここのコレクションの半分は、君から買った異能者の情報をもとに集めたからな。おかげで、都市全体を覆《おお》うほどの、この巨大な霧の領域を造り出せた……」

澁澤の〝霧〟に襲《おそ》われた異能力者からは、異能が分離して能力者を襲う。

もし異能力者が自らの異能を撃退し、倒すことができたならば、異能は所有者のもとに戻《もど》るだろう。

しかし、倒すことができなければ、どうなるか？

答えが、このドラコニアの眺めだ。

異能者は自らの異能に殺され、異能は赤い結晶体となって澁澤に蒐集《しゆうしゆう》される。

分離した異能の額についた赤い結晶は、澁澤のコレクションとなった証拠《しようこ》だ。

敦達は知らないことだが、タイペイで焼死《しようし》していた炎使《ほのおづか》いの異能力者の男も、シンガポールで磔《はりつけ》にされていた手札《カード》を操《あやつ》る異能の暗殺者も、デトロイトで氷柱《つらら》に貫《つらぬ》かれていた氷使いの異能者の女も、全て、澁澤が〝異能を奪《うば》った相手〟だ。

きっと彼らの異能も、結晶体となってコレクションに収まっているだろう。

澁澤が、いま、ヨコハマの街を恣《ほしいまま》にできているのも、数多《あまた》の異能を結晶体というかたちで手に入れたからこそだ。よって、澁澤は異能者の情報を与《あた》えてくれたフョードルに一定の感謝をする。

「だが」澁澤が試《ため》すようにフョードルに問いかけた。「どうやってあれ程《ほど》の情報を集めたのかね？」

「鼠は街のどこにでもいるものですから」フョードルは肩《かた》をすくめてはぐらかす。

太宰が「ニャア」と、つまらなそうに呟いた。

太宰の背後の棚の一角が、不意に光を放つ。光は輝《かがや》きを強めて凝縮《ぎょうしゅく》され、やがて赤い結晶に変化した。結晶はくるくると回転しながら、空いた棚を埋《う》める。

「またひとつやってきたようだ」澁澤が新たな結晶に目を留めた。「ヨコハマの何処《どこ》かで異能力者が死んだ。しかし……」

澁澤の声は冷淡《れいたん》で、熱を持たない。新しい結晶に目が向いたのも一瞬《いっしゅん》のことで、すぐに視線は中央の台座へと戻される。

「この棚に収まるべき唯一《ゆいいつ》の異能がなくては……意味など無い」空虚《くうきょ》な台座に手を差し入れ、澁澤は囁《ささや》く。「幾《いく》ら集めようと――……」

澁澤の声は、虚空《こくう》に吸い込まれるようにして消えて行った。

3—3

カン、カン、カン、カン……！

金属音を響《ひび》かせ、敦は鏡花とともに、芥川の背についていく。結局、敦は鏡花に流されるようにして芥川と行動を共にしつづけていた。

ダクトが通る地下通路が終わり、広い空間へと出る。

これまで見て来たダクトが集結し、コンテナや機械へと繋《つな》がっていた。工場か何かの地下かもしれない。

「鏡花ちゃん」歩きながら、敦は鏡花に問いかける。「なんでこんな奴《やつ》と一緒に行くの？」

「情報を持ってる……このマフィアの秘密通路も使える」鏡花が淡々《たんたん》と答えた。「なにより、異能力を取り戻した彼は、戦力になる。澁澤を排除《はいじょ》する目的は同じ」

たしかに、鏡花の言葉は正論だ。

理路整然とした口調からも、動かない表情からも、合理的な判断を下しただけなのだと感じられる。

けれど、敦としては、なんとなく納得《なっとく》がいかなかった。

「だけど……」つい反駁《はんばく》の言葉が漏《も》れる。

かといって、鏡花を論破できるほどの説得材料も無い。

それ以上、続ける言葉も見つからず、敦はうつむいてしまう。

「鏡花」一人、前を歩く芥川が口を開いた。「母親の形見の携帯《けいたい》は、まだ大事にしているようだな」

芥川の視線の先には、鏡花の胸《むな》もとで揺《ゆ》れる古い携帯電話がある。

だが、聞きのがせない情報があった。

「母親？」初耳だ。驚《おどろ》きで、敦の足が止まる。

鏡花の携帯電話は、母親の形見だったのか？

なぜ、芥川はそれを知っている？

疑問が頭のなかを駆《か》け巡《めぐ》る。鏡花のほうを見ることができない。

芥川が立ち止まり、敦を蔑《さげす》む。「そんなことも聞いていないのか」

「……聞いてない」ぽつりと、敦がこぼした。

会話を断《た》ち切るように、鏡花が冷たい声で芥川へ問いかける。「最短ルートは」

芥川が即答《そくとう》した。「ゼロゴーゼロゴー」

おそらくはポートマフィアの隠語《いんご》なのだろう。当然ながら、敦には何のことか判《わか》らない。

きっと鏡花に他意はないだろう。とはいえ——。

打てば響く二人の会話に敦が入り込む隙《すき》はなく、置いていかれた気分になる。

「…………」

疎外感《そがいかん》を抱《かか》えながら、敦は無言で足を進めた。


細い通路から下水道へと侵入《しんにゅう》し、汚水《おすい》の臭《にお》いに閉口しつつも足を進め、ようやく敦達はマンホールから地上に出る。マンホールを開けると、鼠が数匹《すうひき》、逃《に》げていくのが見えた。

芥川を先頭に地上に上がると、濃《こ》い霧《きり》の向こうに、沢山《たくさん》の太いパイプや金属で覆われた巨大な建築物、白い煙《けむり》を上げる幾つもの煙突《えんとつ》がうっすらと見える。製鉄所か何かのようだ。

芥川と鏡花が周囲を警戒《けいかい》するなか、敦もマンホールから這《は》い出る。

ふと、芥川が何かに気付いたのか、工場の方を見据《みす》えた。「どうやら……待っていたようだな」僕《やつがれ》の存在を感じられるのも道理か、と、独り言《ご》ちるのが聞こえる。

どういう意味か問おうと、芥川と同じ方向を見て、敦も気付く。

前方の工場、溶鉱炉《ようこうろ》らしき煙突のそばに、黒い影《かげ》が立っていたのだ。

羅生門。

芥川の分離《ぶんり》した異能は、黒い布を生き物のごとく蠢《うごめ》かせ、こちらを見下ろしている。正確には、芥川を狙《ねら》っているのだろう。

芥川がさっき云《い》っていたのは、こういう事かと、敦も察する。

おそらく分離した異能は、本来の持ち主である能力者が何処にいるか感じられる能力を持っているのだろう。でなければ、これほど早く待ち受けることなどできない。

敦が考えていると、鏡花が「手伝う」と芥川に告げた。

いくら非常事態とはいえ、まさか鏡花が芥川を手伝うと云いだすなんて……。

けれど芥川は「要《い》らぬ！」と一喝《いっかつ》する。

「そう」思ったより淡泊《たんぱく》に、鏡花が退《ひ》いた。

芥川は、鏡花と敦を置いて、羅生門の方へとゆっくり歩きはじめる。

ひそやかに呟く芥川の声が聞こえた。

「……己《おの》が力を証《あか》すため、あらゆる夜を彷徨《さまよ》い、あらゆる敵を屠《ほふ》ってきた。だが盲点《もうてん》だった。戦い倒《たお》す価値ある敵が、こんなに近くにいたとはな――……」

霧の向こうに、芥川の姿が消えて行く。

こんな時でも自分の力を証明するため敵と戦いたいとは……、と、敦は呆《あき》れそうになる。

しかも一人で行くとは、勝手な行動だ。

しかし、鏡花は芥川の言に同意するように「確かに」と頷《うなず》いた。張り詰《つ》めた表情で、芥川が去ったのとは逆方向に目を遣《や》る。「今はそれぞれ、すべきことがある」

「え?」

鏡花の視線の先に、夜叉白雪が降り立つのが見えた。

いつの間に……!　敦が拳銃《けんじゅう》に手をのばし、身構える。

鏡花が短刀を抜《ぬ》き、鞘《さや》を地面に落とす。乾《かわ》いた音が響いた。

夜叉白雪の攻撃《こうげき》を待たず、鏡花が体勢を低くして駆け抜け、斬《き》りかかる。

鏡花の速攻《そっこう》を夜叉白雪が受けとめ、いなす。動きを予測していた鏡花が返し刀を振《ふ》るう。

「鏡花ちゃん!」

加勢しようとした敦に、鏡花が短く告げた。「あなたも、すべきことをして」

「!」

すべきこと?　それは、まさか、と、敦の体が震《ふる》える。

羅生門は芥川を待ち伏《ぶ》せており、夜叉白雪も鏡花を追ってきた。ならば——。

獣《けもの》の低い唸《うな》り声が敦の耳をついた。

素早《すばや》く振り返ると、予想通りだ。

美しい毛並みの白い虎《とら》、月下獣がいる。

……虎も、僕を追ってきていたんだ。

芥川の云う通り、分離した異能に所有者の位置を感じ取ることができるのなら、もはや逃げることはできないだろう。逃げても逃げても、追いかけてくるはずだ。

敦はぐっと歯を食いしばった。

幕間・2—3

「私にとって他人は、見知った機械が詰まった肉袋《にくぶくろ》に過ぎない」

無数の赤い結晶《けっしょう》が飾《かざ》られたドラコニアで、澁澤は突然《とつぜん》、そんなことを云いだした。

「すべてが自明で、すべてが退屈《たいくつ》だった」

滔々《とうとう》と語る澁澤の言葉を無言で聞くのは、太宰とフョードルの二人だ。

「だが、この私にも理解の及《およ》ばぬ人間がいた」澁澤が、結晶体を物色するようにそぞろ歩いていた足を止める。「私だ」

真剣《しんけん》そのものの顔で、澁澤は語る。

「この頭の中には、私自身にも読めない……小説の文章と文章のあいだの『行間』のような部分がある」

「君、友達いる?」呆れた顔で太宰が澁澤に問いかけた。

「友人など人生に不要だ」澁澤は目を閉じ、ゆるく笑《え》む。「どのような他者の心も判るのだから」

ドラコニアの中央にならぶ太宰とフョードルをふりかえり、澁澤は自信にあふれた言葉を紡《つむ》ぐ。

「私は必ずや私の行間、空白の光の向こう、さらなる世界へ行くことができる」

太宰が、興味なさそうにこぼした。「……本当に友達がいたら、そんな事は云わないよ」

澁澤は太宰の呟《つぶや》きに応《こた》えない。ただ、自らの信じるまま、続ける。

「その時は間もなく訪《おとず》れる……このヨコハマの異能力は全《すべ》て、すぐに私のものになるのだから」

澁澤の予定がたがうことなどありえない。理由は単純だ。

支配者のごとく澁澤はドラコニアの中央へと進み、太宰の顔を覗《のぞ》き込む。

かすかな蔑笑《べっしょう》をこめて、囁《ささや》いた。

「自分の異能に勝てる人間が、一人でもいると思うか？」

3—4

轟々《ごうごう》と灼熱《しゃくねつ》が煮《に》えたぎる。溶《と》けた鉄が橙《だいだい》に輝《かがや》き、まわりの空気を揺《ゆ》らがせる。

敦が見た工場の奥にある溶鉱炉には、巨大《きょだい》なクレーンが下がり、橋のような通路が四本、井の字を書くように架《か》けられていた。

溶鉱炉を階下におさめつつ、頑丈《がんじょう》な柱で支えられた場内を、羅生門が悠然《ゆうぜん》と歩いてくる。

芥川は、羅生門を待ち受けながら呟く。

「羅生門の攻撃は布を刃《やいば》に変じて飛ばすもの。故《ゆえ》にその間合いの外にいる限り攻撃は届かぬ」

ましてや芥川が、羅生門の間合いを間違《まちが》えることはない。

なにせ羅生門が小さな刃しか出せなかったころから、必死に異能を磨《みが》き続け、その攻撃力と距離《きょり》とを伸《の》ばし続けてきたのが芥川だ。髪《かみ》の毛一筋ほどの距離とて見誤らない自信がある。

だからこそ芥川は、近付いてくる羅生門を見ながら、柱の配電盤《ばん》に手をかける。釦《ぼたん》をかちりと押した途端《とたん》、天井《てんじょう》にかけられた滑車《かっしゃ》のひとつが大きな音を立てて回り始めた。

滑車が高速で回転し、やがて——羅生門の上に、鉄材を落とす。

凄《すさ》まじい衝撃《しょうげき》がおとずれ、土埃《つちぼこり》が舞《ま》う。羅生門の姿が見えなくなった。

が、それは数瞬《すうしゅん》のこと。

息をのむ芥川に、羅生門が躍《おど》りかかった。

「！」

羅生門は、鉄柱とぶつかる手前で黒布の力を使って跳躍《ちょうやく》し、逃《に》げていたのだ。

それどころか、衝撃で舞い上がった土埃を隠《かく》れ蓑《みの》に芥川に近付いている。

芥川の顔が苦しげに歪《ゆが》んだ。近付かれれば危険だということは判《わか》りきっている。

事実、羅生門が黒い帯で芥川を襲《おそ》ってきた。

豪速《ごうそく》の刃が芥川を貫《つらぬ》こうとするところを、走り出して躱《かわ》す。黒刃《こくじん》はたやすく太い柱を斬り刻んだ。容赦《ようしゃ》も慈悲《じひ》もない。掠《かす》っただけでも致命傷《ちめいしょう》となるだろう。いつも芥川がやっている通りに。

捕《つか》まるわけにはいかない。芥川が逃げ、羅生門が追いかける。

芥川の顔には、明らかな焦《あせ》りが浮《う》かんでいた。

黒布を使って移動する羅生門は素早く、追い込まれる。残された道は、もはや、溶鉱炉の通路しかない。甲高《かんだか》い靴音《くつおと》を立てて逃げる。

ヒュン――ガシャン！

羅生門が黒い帯を飛ばし、通路の手すりを叩《たた》き斬った。そのまま、黒刃で芥川を斬り裂《さ》こうとする。

ぎりぎりで黒刃を躱した、と芥川は思うが、ぐらりと体勢がくずれる。

咄嗟《とっさ》に手すりを摑《つか》もうとするが、すでに羅生門によって手すりは壊《こわ》されている。摑まるものは、何もない。

羅生門が狙《ねら》っていたのは、芥川を溶鉱炉《ようこうろ》に突《つ》き落とすことだったのだ。

先に手すりを壊したことも、回り込むように刃を振りかざしたことも、すべて、避《よ》けても死んでしまうような状況《じょうきょう》に追い込むためだった。

しまった——。芥川が口走る。

外套《がいとう》に包まれた短軀《たんく》が、燃えたぎる鉄のうえに投げ出された。


芥川が羅生門と相対していたとき、敦もまた、己《おのれ》の異能と対峙《たいじ》していた。

ダクトに囲まれた狭《せま》い通路を駆《か》けながら、敦は後ろを振り返り、銃《じゅう》を撃《う》つ。

銃声が谺《こだま》し、銃弾《じゅうだん》が壁《かべ》に跳《は》ねる。……避けられたようだ。

舌打ちしたい気分で、敦は虎を睨《にら》み据《す》えた。

虎は尾《お》を上げて敦を威嚇《いかく》している。

この位置なら、と、ふたたび引き金を引いた。続けて二度。

回転しながら吐《は》き出された銃弾は、まっすぐに虎に向かう。

けれど、白い毛並みが銃弾をすべて弾《はじ》き返した。

「……っ」

こんどは虎が後ろ脚《あし》に力をため、敦に飛びかかる。

ざしゅっ、と、虎の爪《つめ》が敦の左腕《ひだりうで》を掠めた。

……躱しても怪我《けが》を負ったと思うべきか、それとも、この程度の怪我で済んで良かったと思うべきか。まちがいなく、後者だろう。

そもそも思い返してみれば、敦が虎に変じていたとき、銃で傷つけられた覚えはない。効かない、ということだ。

「どうすれば、奴《やつ》を倒《たお》せる……」

しなやかに着地し、振《ふ》り返った虎を見つめながら、敦は考える。

虎の額に輝く、赤い結晶が目に入った。

「……あれをやればいいのか？」実際のところは不明だ。だが、それ以外に活路は見いだせない。――やるしかない。覚悟《かくご》を決めて、虎を睨む。

けど、あんな場所にどうやって当てる？

牙《きば》を剝《む》く虎の額を銃で狙う。一発、当たらない。二発、三発……四発目を撃とうとして、かちっ、と軽い音がした。手ごたえもない。弾切《たまぎ》れだ。

くそっ！

拳銃《けんじゅう》以外に、武器など持っていない。

こんなことなら、武装探偵《たんてい》社でもっと大量の武器を仕入れてくるべきだったんだ……！

いまさら後悔《こうかい》しても遅《おそ》い。苦し紛《まぎ》れに、敦は虎《とら》に銃を投げつける。銃は硬《かた》い音を立てて通路を滑《すべ》っていった。虎に届くことさえない。

どうすればいいっていうんだ。

爪で抉《えぐ》られた左腕から血が流れる。痛みで脂汗《あぶらあせ》が出た。

目の前には虎が口を開けて待っている。

「やっぱり、自分の異能になんて、勝てるわけない……」

敦の喉《のど》から、弱々しい声が漏《も》れた。

ヨコハマの各地でも、異能の所有者達が追いつめられていた。

運転手のいない車で埋《う》め尽《つ》くされた道路では、宮沢賢治が異能に翻弄《ほんろう》されている。

異能は、膨大《ぼうだい》な膂力《りよりょく》に任せて、賢治に車を投げ飛ばしてくるのだ。

次々と落とされる車に、賢治は逃げるしかできない。隙《すき》をついて、異能本体が向かってきた。賢治の表情が硬くなる。いつも明るく笑っている瞳《ひとみ》には、焦りと緊張《きんちょう》の色が浮かんでいた。

霧《きり》の中、戦う与謝野も同様だ。

君死給勿は、どれだけ攻撃《こうげき》しても、すぐにわざと瀕死《ひんし》の傷を負って自らを治療《ちりょう》してしまう。鉈《なた》をふるい、血を浴び、疲弊《ひへい》するのは与謝野だけだ。異能は疲《つか》れも見せず、健康な体を何度も手に入れ、与謝野を襲ってくる。与謝野の体が、異能に大きく蹴《け》り飛ばされた。

思わず、うめきが漏れる。体力は消える一方、怪我は増える一方だった。

谷崎など、いいように細雪に嬲《なぶ》られていた。

そもそも幻《まぼろし》を見せられ、谷崎には細雪を視認《しにん》することさえできない。どこからともなく拳《こぶし》がふるわれ、蹴りを入れられ、地面に吹《ふ》き飛ばされる。すでに満身創痍《まんしんそうい》だ。

ふらついたところを、頭から叩き落とされた。

顔から地面に突っ込み、激痛が走る。倒れ伏《ふ》した頭に、細雪が足をのせる気配があった。

四肢《しし》の感覚が乏《とぼ》しくなっていく。

探偵社のビルの屋上では、国木田が戦っていた。

爆発《ばくはつ》音が響《ひび》き、屋上の出入り口が破壊《はかい》される。独歩吟客のしわざだ。

屋上まで逃げて来た国木田は、爆風に飛ばされつつも空中で体勢をととのえ、みごとに着地する。手にはショットガンを構えていた。ただし、国木田の全身は土埃に塗《まみ》れ、ところどころから出血している。顔色は土気色だ。

それでも国木田は諦《あきら》めることを知らぬ兵士のように、ショットガンに弾を込める。

ガシャン、と、ショットガンが死に近付く雄叫《おたけ》びをあげた。

おなじころ、工場の外、太いパイプが入り組む場所では、鏡花が夜叉白雪と刃《やいば》を合わせていた。

短刀と刀が打ち合い、火花が散る。互《たが》いの力がぶつかり、振り払《はら》い、距離《きょり》を取る。

剣《けん》の腕は互角《ごかく》。だが、体力や間合いの面では鏡花が不利だ。何より、鏡花の心にある迷いが、剣先に出てしまっている。

鏡花の胸で、形見の携帯電話《けいたいでんわ》が揺《ゆ》れた。その重みを感じながら、鏡花は夜叉白雪を見据《みす》える。

両親を殺した夜叉白雪……でも夜叉白雪を倒せば、私はまた、こいつと一体化し、夜叉《やしゃ》になってしまう……。

両親の仇《かたき》だからこそ、赦《ゆる》せない。赦したくない。

両親の仇だからこそ、自分のもとに戻《もど》したくない。夜叉に戻りたくない。

同じ理由からくる異なる思いが、鏡花のなかでせめぎあう。

夜叉白雪がふたたび襲《おそ》い掛《か》かり、鏡花は短刀で受ける。一撃目は受け流すことができた。だが、返す刀で斬《き》りかかられた二撃目には、間に合わない。

鏡花はすぐさま屈《かが》み、三撃目を打ち込んでくる夜叉白雪の刀を後退《あとずさ》って躱《かわ》そうとする。

携帯電話の紐《ひも》が浮《う》き、夜叉白雪の刃で斬られたのが見えた。

しまった、と、反射的に視線が携帯電話に行く。鏡花自身は耐《た》えることができた。だけど携帯電話が、地面に落ちる――。

夜叉白雪が、鏡花の隙を逃《のが》すはずもなかった。

赤い結晶《けっしょう》が輝《かがや》く。

自分の異能に勝てる者などいない――。

澁澤の声が、遠くで響くようだった。

第 四 章

羅生門
月下獣
夜又白雪
独歩吟客
雨ニモマケズ
超推理
罪と罰
人間失格
八上人下造
悲しみにつつまれつつも

4—1

熱された鉄がぐつぐつと煮《に》えたぎる溶鉱炉《ようこうろ》の上。

芥川は、なんとか生きながらえていた。

破壊された手すりから落ちたあと、もう一段下に架《か》かっていた通路に摑《つか》まることができたのだ。だが、左手が危《あや》うく床板《ゆかいた》を摑んでいる程度。いつ落ちるか判《わか》らない。

ましてや、今は敵である羅生門がいるのだ。

命は助かった。しかし油断はできないという状況《じょうきょう》で、芥川は羅生門の動きを睨《にら》みつける。

予想通り、羅生門は芥川に近付き、黒刃《こくじん》を撃《う》ってきた。芥川を完全に殺す気だろう。

芥川は焦《あせ》らず、反動をつけて黒刃を躱し、そのまま通路に這《は》い上がる。ふたたび、芥川と羅生門が向かい合った。

羅生門から吐《は》き出された黒布が、無数の剣の檻《おり》となって芥川を捕《と》らえ、貫《つらぬ》こうとする。芥川は黒刃から逃《に》げまどい、そのたびに溶鉱炉に架かる通路が破壊され、どんどんと退路を断《た》たれていく。通路を吊《つ》るしていたワイヤーが羅生門に斬られ、通路が傾《かたむ》く。半ばから後ろが、溶鉱炉に落ちた。鉄の溶《と》ける音がする。

気付けば、芥川は通路の真ん中で立ちすくんでいた。前に行けば羅生門に近付いてしまうが、後ろ半分はすでに溶鉱炉に沈《しず》んでいる。

「ち、間合いを詰《つ》められたか……」小さく舌打ちをして、忌々《いまいま》しげに芥川は呟《つぶや》く。黒い帯を飛ばすだけでは避《よ》けられる。ならば、とどめを刺《さ》そうと云《い》わんばかりに、羅生門が芥川に飛びかかった。

「狙《ねら》い通り」

至近距離に来た羅生門を——芥川が、後ろに投げ飛ばした。

襲い掛かった勢いがあまり、羅生門の体が溶鉱炉へと落とされる。

羅生門の体が、鉄とともに溶けたかに思われたが。

「！」

溶鉱炉の中から、黒い布に包まれた顔がのぞいた。

鉄を溶かすほどの熱のなかでも、羅生門は生き延びたのだ。

ゆったりとした足取りで、片方が溶鉱炉に沈んだ通路を、羅生門がのぼってくる。

「……僕《やつがれ》の異能ならば、そうこなくてはな。だが……」芥川が小さく云い、外套《がいとう》の中から手榴《しゅりゅう》弾《だん》を取り出す。武器を持っているのは武装探偵《たんてい》社だけではない。マフィアが無手で戦いに来るものか。

芥川の見ているまえで、羅生門の足が鈍《にぶ》った。羅生門の足と、通路を、糊《のり》のように繋《つな》ぎとめるものがあったからだ。――鉄だ。

溶鉱炉に沈むことで羅生門の体に纏《まと》わりついた溶けた鉄が、ゆっくりと冷やされ、羅生門の足を通路に固めはじめたのだ。

動かない足に羅生門が戸惑《とまど》う。その隙《すき》に、芥川は手榴弾のピンを抜《ぬ》く。

羅生門が飛ばしてくる刃を掻い潜《くぐ》り、雄叫《おたけ》びとともに手榴弾を掴む手に力を込める。羅生門の腹に、ねじりこんだ。

白光が閃《ひらめ》き、羅生門の腹の中にあった赤い結晶が四散する。

人のかたちを象《かたど》っていた羅生門が黒い霧《きり》のようになり、芥川の体へ吸い込まれた。

芥川の外套から、黒き狂犬《きょうけん》が遠吠《とおぼ》えする。芥川が傲然《ごうぜん》と呟いた。「それでいい……。おまえはここにいろ」

霧に包まれた夜闇《よやみ》の中を、敦は必死に走っていた。

咆哮《ほうこう》をあげて敦を追ってくるのは虎《とら》だ。力強い脚《あし》が路面を蹴《け》り、敦に迫《せま》る。

どれだけの距離《きょり》を走ったのか、鏡花達は何処《どこ》にいるのか、自分は何処に来たのか、それさえも判らない。判るのは、虎に対して敦は逃げるしかできないということだけだ。

最初に見えた製鉄所らしきものが奥に見えているから、まだ敷地内《しきち》ではあるのだろう。

太い灰色のパイプに囲まれた場所に出る。振《ふ》り返った敦を、虎が襲ってくる。

ぎりぎりで避けた虎の爪《つめ》は、それでも敦の右腕《みぎうで》をかすめていった。衝撃《しょうげき》で、敦の体が吹《ふ》っ飛ばされる。

「……っ」

ずしゃりと地面に叩《たた》きつけられ、吐《と》息《いき》を漏《も》らす。体が云うことをきかず、ろくに動かない。

このままじゃ、まずい……。

全身の痛みを堪《こら》えつつ、敦は何かを探すように顔を上げる。すると、一抱《ひとかか》えほどの大きさをしたコンクリート片が転がっていることに気付いた。これほどの大きさの破片《はへん》を、どうやって切り出したのか、断面はなめらかだ。

武器になるかもしれない。せめて、防御《ぼうぎょ》の役には立てられるかも。

少なくとも、何も持っていないよりは良いだろう。敦は必死にコンクリート片に近付き、抱《だ》き上げる。

すぐそばから、激しい金属音が聞こえた。

「！」

この音は、と、首を動かす。見れば、其処《そこ》には夜叉白雪と戦う鏡花の姿があった。逃げ続けている間に、合流するほど近付いていたらしい。

夜叉白雪が、刀を鋭《するど》く構えるのが見えた。

敦が虎から逃げていたころ、鏡花はひたすら夜叉白雪と刃《やいば》を合わせていた。携帯電話《けいたいでんわ》に気をとられた隙を狙われ、殺されかかった危機は何とか脱《だっ》したが、すでに体力は尽《つ》きかけている。短刀も、どこまで保《も》ってくれるか判らない。異能である夜叉白雪の刀とちがい、鏡花の短刀は消耗《しょうもう》する。無論、鏡花自身も。

何より、夜叉白雪が紛《まぎ》れもない殺気をぶつけてくるのに対し、鏡花がそこまでの決意をできていないことも、大きな原因だった。

殺意を刃に乗せ、夜叉白雪が刀を振るう。

美しい仮面の顔には感情などない。まさに殺人人形だ。

——夜叉《やしゃ》は殺しの権化《ごんげ》。私は……。

鏡花は夜叉白雪の刀を短刀で受けとめ、跳《は》ね返す。

——私は………。

様々な感情が心の内側を暴れる。夜叉白雪が刀を振るう。そうすることが本能のように。傷つけ、殺すためのしぐさが、当然であるように。だけど。

——それでも、私は——……っ。
ガキン！
夜叉白雪と鍔迫《つばぜ》り合いをしていた鏡花の短刀が、ついに折れた。
「っ！」
息をのんだ鏡花に、夜叉白雪が距離を詰めた。刀の切っ先が鏡花を狙う。
鏡花の瞳《ひとみ》が揺《ゆ》れる。
携帯電話が、鳴った気がした。
『——それでも貴女《あなた》は、その力をみんなを守る為《ため》に使いたいんでしょ？』
「…………！」
一瞬《いっしゅん》、鏡花の呼吸が止まった。
脳裏《のうり》をよぎったのは、柔《やわ》らかい微笑《びしょう》を湛《たた》えた、優《やさ》しげな女《ひと》の姿。
鏡花、と、愛《いと》しみをこめて呼ばれたと思った。
——お母さん。
声は届かない。言葉を交《か》わすことはできない。
でも、それでも、優しい笑《え》みと温かい言葉を胸に刻み込むことはできる。

誓《ちか》うことも、できる。

熱いものが、頬《ほお》を濡《ぬ》らしていくのが判《わか》った。

「……っ」

幻影《げんえい》を見たのは刹那《せつな》の出来事だ。

鏡花が気付いた時には、夜叉白雪の刃が間近に迫っていた。

喉《のど》を突《つ》かれる、突かれて、死ぬ――。

思った時、声がした。「鏡花ちゃん！」

鏡花の体が揺れる。

母とはちがう、けれどおなじように温かい響《ひび》きを持つ声に、涙《なみだ》の雫《しずく》が散った。


「鏡花ちゃん！」

敦が見つけたのは、まさに鏡花が殺されかけているところだった。

夜叉白雪の放った突きが鏡花の首元に迫る。

敦は鏡花の名を呼びながら、二人の間に割り入った。

抱《かか》えたコンクリート片で、夜叉白雪の刀を受けとめる。

衝撃が敦にまで伝わった。だけど、かまわない。すくなくとも鏡花は守ることができたのだから！

夜叉白雪の刀を受けとめたまま、敦は、どこか茫然《ぼうぜん》とした様子の鏡花に囁《ささや》く。額の赤い結《けっ》晶《しょう》を狙《ねら》うんだ、と。

今なら、夜叉白雪の刀はコンクリート片に深く突き刺《さ》さっている。

敦がコンクリート片を抱えているかぎり、夜叉白雪は満足に動けない。

「今だ！」

「！」敦の言葉に、鏡花が素早《すばや》く反応した。地面を蹴って、夜叉白雪に飛びつく。いつの間に外したのか、鏡花の手には普段右肩《ふだんみぎかた》から掛《か》けている襷《たすき》がある。

鏡花は襷を夜叉白雪の首にまわし、背中合わせに自分の体重をかけて絞《し》め上げる。

音も無く忍《しの》び寄り、相手に声さえ出させない暗殺術。それを以《もっ》て、鏡花は暴走する夜叉白雪を拘束《こうそく》し――折れた短刀の柄《つか》部分で、夜叉白雪の額にある赤い結晶を打ち砕《くだ》いた。

結晶が散らばり、破片が煌《きらめ》く。

赤い光は霧散《むさん》し、夜叉白雪を包み込む。

やがて、光とともに夜叉白雪の姿が消えた。

これで異能が鏡花に戻《もど》るのか？　敦は鏡花に確認《かくにん》しようとする。

様子を窺《うかが》っていた虎《とら》が、ふたたび敦に襲《おそ》い掛《か》かってきた。

「！」

不意をつかれた……！

虎は敦に頭から体当たりを仕掛けて来た。右足に食いつかれる。やられた、と思った時には
もう、敦は虎に咥《くわ》えられていた。

コンクリート片を抱えたまま、敦の体は虎によって持ち上げられ、連れ去られる。

鏡花が焦《あせ》った顔で追いかけようとするのが見えた。だが、虎はそれ以上に速い。

敦を咥え、虎は灰色の景色を飛ぶように駆《か》ける。痛みで気が遠くなりそうになる。

行き止まりだったのか、パイプの入り組む場所でようやく虎が止まったと思ったら、敦の体を思いきり放《ほう》り投げた。

地面に打ち付けられた肩に激痛が走る。全身の骨が軋《きし》む。

だが、敦は痛む体に鞭打《むちう》って上体を起こす。

虎が跳躍《ちょうやく》し、飛びかかってくるのが見えた。

虎の咢《あぎと》が敦を飲み込もうとする。

死が牙《きば》となって敦に降りかかる。

全身が総毛立ち、神経回路が高速で情報を伝達する。

間近に迫《せま》った死に、敦の箍《たが》が外れた。
──ふざけるな……！
こんなところで殺されてなど、たまるものか！
生への渇望《かつぼう》が身を焦《こ》がす。
無我夢中で、敦は手にしたコンクリート片を虎の顎《あご》に叩《たた》きつけた。
絶叫《ぜっきょう》。怒号《どごう》。空気を震《ふる》わせる咆哮《ほうこう》。
獣《けもの》そのものの叫《さけ》びは、敦と虎、どちらのものなのか判別できない。
衝撃音《しょうげきおん》が響く。虎が悲鳴をあげる。
それでも足りないと、敦はコンクリート片を更《さら》に蹴《け》り込み、虎の口中にめり込ませた。
刺さったままの夜叉白雪の刀が、虎の上顎《じょうがく》を突き破る。
白い刃が、赤い結晶を貫《つらぬ》いた。
「──！」
結晶は粉砕《ふんさい》し、破砕される。
発光とともに、虎が消えた。
──……やった、のか？
残されたコンクリート片が、地面に落ちる音がした。

パイプに囲まれた敷地《しきち》に静けさが戻る。虎がふたたび現れる兆候はどこにも見えなかった。

倒《たお》しきったんだ……。

虎を倒した安堵《あんど》と疲労《ひろう》で、敦の足から力が抜《ぬ》ける。がくり、と、その場にくずおれた。

追いかけてきてくれたのか、走り寄ってきた鏡花が敦の前に座る。

「傷は」心配そうに、鏡花が敦の腕《うで》の怪我《けが》を覗《のぞ》き込んできた。

「大丈夫《だいじょうぶ》……異能《ちから》が戻れば虎の治癒《ちゆ》能力で傷も治る」

敦が頷《うなず》くと、鏡花は安心したように息を吐《は》いた。が、すぐに何かに気付いたように目線を上げる。どうしたのか、と、鏡花の視線を追えば、霧《きり》の向こうに聳《そび》え立つ漆黒《しっこく》の塔《とう》が見えた。

月を従え、夜を支配するような異形の塔。

魔王《まおう》が潜《ひそ》むにふさわしい外観だった。

骸砦。

この〝霧〟の首謀者《しゅぼうしゃ》である澁澤龍彦が居るはずの場所。

襲ってくる異能を倒し、力を取り戻した今、あとはもう、澁澤龍彦を排除《はいじょ》するだけだ。骸砦に向かうだけ。

なにより、あそこに太宰が居る。

太宰が何を考えているのか、敦には判らない。だけど、と、敦は思う。

——太宰さんを助ければ、きっと何とかしてくれる。

信じて呟《つぶや》く敦に、鏡花がちらりと視線を向けた気がした。

そこへ、敦と鏡花のあいだから古い携帯電話《けいたいでんわ》が差し出される。

地面に落ちていた筈《はず》の鏡花の携帯電話だ。差し出してきたのは、夜叉白雪。

夜叉白雪の白い仮面の額には、もはや赤い結晶はついていない。襲ってくる様子もない。

大切そうに夜叉白雪が差し出してきた携帯電話を、鏡花は立ち上がって、そっと受け取る。

かけがえのない物を受け継《つ》ぐように。

夜叉白雪がゆるりと光り、燐光《りんこう》となって鏡花に吸い込まれた。

これで、本当に——。

「……異能力が戻ったんだね？」敦は鏡花に確認する。

鏡花が小さく頷き、携帯電話の紐《ひも》を結びなおして首にかけた。そんな鏡花の姿に、敦も胸を撫《な》で下ろす。ただ、問題がひとつあった。

敦自身の異能のほうだ。

敦は自分の体を見下ろし、眉《まゆ》を顰《ひそ》める。

「僕には、虎の治癒能力が戻ってない」怪我は治らず、全身も痛いままだ。

虎を倒したのに、何故《なぜ》だ？

「なんで、鏡花ちゃんだけ、異能力が戻ったんだろ？」

敦の疑問に答えるように、咳《しわぶ》きの音が聞こえて来た。

コホッ、コホッ、と苦しそうに呼吸しながら近付いてきたのは芥川だ。

随分《ずいぶん》と過酷《かこく》な戦いを経たらしく、傷だらけの姿をしているが、眼差《まなざ》しには自信が溢《あふ》れている。

芥川の堂々たる立ち姿を見れば、戦果は明らかだった。

「……お前も異能力が戻ったのか」敦は目の前に立った芥川を見上げる。

芥川と、鏡花。二人とも自分の異能と戦い、勝利を収めたのだろう。

だが、それを云《い》うなら敦とて同じはずだ。

「どうして僕だけ、戻らないんだろ？」わけが判《わか》らなくて、拳《こぶし》を握《にぎ》りしめる。

「愚者《ぐしゃ》め」芥川が吐き捨てる。「まだ判らぬのか！」

「！」

突然《とつぜん》の罵倒《ばとう》に、敦の体がこわばった。

眼裏《まなうら》に浮《う》かぶのは、おなじように自分を罵《ののし》った院長の姿。そして——荘厳《そうごん》な、白い扉《とびら》。

このところ、幾度《いくど》も幾度も頭を過《よぎ》るイメージ。だが、それが何を意味しているのか敦には判らない。

「何だ……」茫然《ぼうぜん》と呟く。

答えが知りたい。なのに脳が考えることを拒否《きょひ》する。頭が割れるように痛い。何故。

「何なんだ！」何も判らなくて、敦は喚《わめ》くように叫ぶ。自然と、自分を守るように腕を体に巻きつけていた。

意味の判らない扉のイメージと、戻らない異能力。関係性があると云うのか。芥川には、判ると云うのか。

苛立《いらだ》ちと焦燥感《しょうそうかん》に敦の体が小刻みに震える。

そんな敦の横を、芥川が黒い外套《がいとう》を揺《ゆ》らめかせてすりぬけていく。

「芥川！」思わず、その自信に満ちた背に怒鳴る。「どういう意味だ!?　おい！」

声を張り上げても、芥川は振《ふ》り返らない。霧の向こう、骸砦に向かって去っていく。

何故。どうして……！

自分だけが、何も判っていないのか？

訳の判らない恐怖《きょうふ》が敦の足元から這《は》い上がってくる。

それまで黙《だま》っていた鏡花が、きゅっと唇《くちびる》を引き結び、敦に語りかけてきた。「怪我がひどい。あなたはここで休んでいて」

「え？」

ぽかん、と、敦は口を開ける。鏡花が何を云いだしたのか、理解できなかった。鏡花が敦に背中を向ける。

「……鏡花ちゃん？」

動揺《どうよう》しながらも、敦は鏡花に声をかける。

「黙っててごめんなさい……知られたくなかったの」

「何を？」問うた敦に、鏡花は僅《わず》かに躊躇《ためら》った後、答える。

「携帯で動く夜叉白雪を」鏡花が、ちらりと敦を振り返った。「本当は嫌《きら》いたくなかったことを」

「…………」

——そんなふうに思っていたのか……。知らなかったことに、気付けなかったことに、衝撃と罪悪感が沸《わ》き起こる。

鏡花が、静かな決意を湛《たた》えた顔で告げた。「任務は、私が果たすから」鏡花の足が再び動き、さきほどの芥川と同じように骸砦に向かいはじめる。

「鏡花ちゃん！」

ちょっと待って、と、敦は鏡花を追いかける。けれど、虎に傷つけられた体は云うことを聞かない。立ち上がろうとして、すぐに地面に倒れ込む。

ざらついた地面から這い上がれない。

「……鏡花ちゃん——！」

喉《のど》が張り裂《さ》けるほど叫《さけ》んでも、呼びかけても、敦の声は届かない。

霧があたりに充満《じゅうまん》しはじめ、鏡花の後ろ姿も、骸砦も隠《かく》してしまう。
無明の白い闇《やみ》が、敦を囲い込んだ。

4―2

ヨコハマが霧に覆《おお》われ、多くの一般《いっぱん》人が消失し、ろくに霧の内側と連絡《れんらく》がとれなくなってしまった今夜、霧の外では多くの人間が諸々《もろもろ》の処理や対応に当たっていた。

その多くが二次被《ひ》害《がい》や三次被害の対処であるなか、異能特務課の坂口安吾は、事件の根源的な解決をしようと尽力《じんりょく》していた。だからこそ、霧に巻き込まれないよう避難《ひなん》し、ヨコハマが霧に覆われてからは、ずっと霧の内部と連絡をとれないかと通信しつづけていたのだ。

国木田との通信を終えたあとも、安吾は通信室で細々とした根回しや処理を行っている。特務課の他《ほか》の面々も同様だ。

通信室を埋《う》め尽《つ》くすモニターの駆動《くどう》音とキーを叩《たた》く音のなかに、異音が混じる。

扉の外から、騒《さわ》がしい物音が聞こえてきた。

安吾が小声で呟く。「……来ましたか」

「なんです？」安吾の声を聞きとがめた職員が首を傾《かし》げた。

「A５１５８ですよ」質問してきた職員とちがい、安吾は手を止めずにあっさりと答える。

通信室の扉が、荒々《あらあら》しく蹴《け》り開けられた。折れ曲がった扉が吹《ふ》き飛ばされ、床《ゆか》を跳《は》ねる。

扉が無くなり、用をなさなくなった入り口から、ゆっくりと入ってくる人影《ひとかげ》があった。

光沢《こうたく》のある黒の長外套と、共布で誂《あつら》えられた黒帽子《ぼうし》。帽子の下には、癖《くせ》のある長めの茶髪《ちゃぱつ》がのぞいている。

個性的な三つ揃い《スリーピース》は彼の小柄《こがら》な体に合っており、紳士《しんし》然としていながら同時に洒脱《しゃだつ》さをも感じさせた。

特殊《とくしゅ》。

彼を云いあらわすなら、その一言に尽きる。

滲《にじ》み出る威圧感《いあつかん》、浮世《うきよ》じみた雰囲気《ふんいき》、甘く整った容貌《ようぼう》のなか際立《きわだ》つ鋭《するど》い眼光——。

何もかもが、特殊だった。

黒い手袋《てぶくろ》を嵌《は》めた彼の手が、ポケットにかかる。

「電話一本で俺を出前みてえに呼び出すとは、いい度胸じゃねえか」

彼——中原中也は、傲岸《ごうがん》に云い放った。

ポートマフィアの幹部である中也の登場に、異能特務課の職員達が騒《ざわ》めく。

安吾は中也には答えず、まずは立ち上がって職員達に席を外してもらうよう声をかけた。中也は黙って安吾を見据《みす》える。

やがて通信室から職員が去り、安吾と中也の二人きりになってから、ようやく安吾が中也に向かって口をひらいた。「ここは政府の施設《しせつ》ですよ。こんな事をしてただで済むと思っているんですか」

「ただで済むかどうかを決めるのは俺だ」中也が安吾に、ぎろりと鋭い眼差《まなざ》しを送る。「手前《テメエ》じゃねえ」

「貴方《あなた》は僕に借りがある筈《はず》ですよ」

「それは手前《テメエ》の方だろ」

安吾の言葉に重ねるように、中也が間髪《かんはつ》を容《い》れずに告げる。

「……なんの話ですか」眼鏡《めがね》に光が反射し、安吾の表情は見えない。

「とぼけるんじゃねえ、俺が何も知らねえとでも思ってるのか」中也は凄《すご》みのある声で安吾に迫《せま》る。殺気を孕《はら》んだ瞳《ひとみ》で安吾をねめつけた。「六年前の話だよ！」

安吾が静かに目を細めた。けれど口を開くことはない。

「だから手前《テメエ》はダメなんだ……！」

何も云《い》わない安吾に焦《じ》れるように、中也が壁《かべ》を殴《なぐ》りつけた。

通信室の壁がクレーターのように抉《えぐ》れる。破片《はへん》がパラパラと零《こぼ》れ落ちた。

圧倒《あっとう》的な力を見せつけ、中也は嘘《うそ》を許さぬ迫力《はくりょく》で安吾を睨《にら》みつける。

それでも安吾は動じない。淡々《たんたん》と中也に問いかける。「何がですか」

中也が低い声で告げた。

「六年前の龍頭抗争《りゅうずこうそう》で何十人も殺した濫澤……その裏で糸を引いてやがったのが、手前《テメエ》ら役人だろうが」

「…………」

無言の安吾に、中也は続ける。

「お題目は街全体を巻き込んだ抗争を止める為《ため》だ。その為に澁澤を抗争に投入した。だがヤツの頭に秩序維持《ちつじょいじ》なんてハナからねぇ。死体の数を増やしただけだ」憎々《にくにく》しげに、中也が整った顔を歪《ゆが》ませる。

「それでも手前《テメエ》ら政府がヤツを守り続けたのは、ヤツが〝国家規模の異能侵略《しんりゃく》〟に対抗しうる貴重な異能者だからだ。だからヤツが国外で死体をいくら作ろうと、目を瞑《つぶ》るどころか尻拭《しりぬぐ》いの証拠隠滅《しょうこいんめつ》までする始末……泣ける話だぜ」

皮肉をこめた中也の嘲笑《ちょうしょう》に、安吾は否定も訂正《ていせい》もしなかった。

実際、すべて中也の云った通りだからだ。

六年前。

五千億円という大金を契機《けいき》にして始まったヨコハマの抗争は、幾《いく》つもの裏組織を巻き込んだ大抗争となった。当時の政府は抗争を終結させるため、飼っていた澁澤を投入したのだ。

だが、飼っている心算《つもり》になっていたのは政府だけだった。

澁澤は、政府の指示など容易《たやす》く無視してみせたのだ。

何が目的なのか、澁澤は好機とでも云わんばかりに抗争を拡大させ、多くの人命を奪《うば》った。

普通《ふつう》ならば、政府の指示を無視し、それどころか裏切ったような澁澤は、すぐに処分されるところだ。しかし、政府は澁澤を殺さなかった。——否《いな》、殺せなかった。

政府にとって、澁澤は決して手放せない存在だったのだ。

仕方なく、政府は澁澤を遊ばせ続けた。

中也が云うように、国外で澁澤が能力者を殺した際も、〝澁澤という異能力者の存在〟が他国に知られないよう、証拠を隠滅し情報統制を行った。

かつて国木田が澁澤による被害者《ひがいしゃ》の情報を得た際、『それほど強力な異能力となれば必ず国際捜査《そうさ》機関に情報があるはずだ』と云っていたのは正しい。本来なら、澁澤ほどの能力者の存在は、世界的に知られていてもおかしくなかった。

にもかかわらず、澁澤に関する情報がすべて不明となっていたのは、異能特務課こそが隠していたからだ。

理由は澁澤の異能の特殊さにある。

一四年前のような、能力者を投入する大戦が再び起これば、澁澤の異能は絶大なる効果を発揮するだろう。だから政府は〝もしもの事態〟に備えて澁澤を保護しつづけた。

——国内に戻《もど》り、ヨコハマに攻《せ》め入るなどという暴走をするまでは。

政府にとっての誤算があるとしたら、そこだ。

澁澤はやはり政府に飼えるような人間ではなく、さらに澁澤をヨコハマに案内した〝共犯者達〟の存在が誤算だった。

政府の意図も誤算も知ったうえで、安吾はゆっくりとこぼす。「……すべては、この国の平和のためです」

安吾の言葉に、中也の表情が険しくなった。安吾の胸倉《むなぐら》を摑《つか》み、持ち上げる。

「言葉にゃ気を付けろよ、教授眼鏡……っ」中也の眼《め》に宿るのは紛《まぎ》れもない殺意だ。「手前《テメエ》らがヤッを寄越《よこ》さなきゃ、俺の仲間六人は今も生きてたんだ」

六年前、志半ばで死んでいった部下達の顔を、中也は今も一人一人思い出せる。澁澤に殺されたときの死に顔も、だ。忘れることなど、できなかった。

「僕を殺しますか？」宙吊《ちゅうづ》りにされ、苦しい呼吸の下で、安吾もまた真剣《しんけん》な眼差しを中也に向ける。「構いません。貴方に依頼《いらい》をすると決めた時点で、覚悟《かくご》は出来ています」

「決まりだな」決然と云いきった安吾に、中也は醒《さ》めた声を返した。乱暴に、安吾の体を放《ほう》り投げる。

通信室の清潔な床に、安吾が叩きつけられた。

中也は安吾を見下ろし、冷ややかに通告する。「依頼は受ける。報酬《ほうしゅう》は手前《テメエ》の命だ」

ぞっとするほど冷酷《れいこく》な表情を浮《う》かべる中也に、安吾は息を詰《つ》まらせる。冷や汗《あせ》が額を伝う。

けれどそれでも、安吾に自分の言葉を翻《ひるがえ》す気は皆無《かいむ》だった。

反撃《はんげき》の狼煙《のろし》を上げねばならない。ヨコハマと、そこに住まうすべての人々のために。

幕間・3

霧《きり》の中心に立つ塔《とう》のなか、幾つもの結晶体《けっしょうたい》が飾《かざ》られたドラコニアに、太宰治は立っていた。

壁を埋め尽くす結晶体はどれも赤く血の色に輝《かがや》いていて、ひとつひとつに込められた異能者達の生と死を感じさせる。

無言で結晶体を眺《なが》めていた太宰の背後で、扉《とびら》の開く重い音がした。

太宰が振《ふ》り向くと、そこにはフョードルの姿がある。

「計画通りですね」云いながら、フョードルは後ろ手に扉を閉める。繊細《せんさい》な指で鍵《かぎ》を持ち、手品めいたしぐさでまわす。カチリと錠《じょう》のかかる音がした。これでもう、ドラコニアのなかには二人だけだ。澁澤がいない状況《じょうきょう》で、あえてかけられた鍵からは秘密の香《かお》りが漂《ただよ》う。

「ああ……計画通りだ」太宰は静かに頷《うなず》き、フョードルに語りかける。「全く……苦労したよ。奴《やっ》に疑われずここまで潜《もぐ》り込むのはね」

フョードルは太宰に近付くことはせず、それよりも壁に飾られた結晶を物色するようにドラコニアの縁《ふち》を歩く。

「ところで」太宰が問いかける。「君が私と組んだ本当の理由はなんだい？」

「ぼくにとっての世界のあるべき姿を求めただけのことです」棚《たな》を見つめながらフョードルは歩く。「ただ、余興は多い方がいいでしょう?」

フョードルの手が棚に伸《の》びる。細い指が二つの結晶体をつまみあげた。

太宰が、フョードルの余興という単語に反応した。「道化《どうけ》は誰《だれ》かってことか?」

フョードルに向ける太宰の眼差しは、意外なほどに冷淡《れいたん》だ。

「君と組むことは不本意だが、澁澤を道化にするには、仕方がなかった」太宰は云い、そっと目を伏《ふ》せる。「なにしろ奴は日本政府すら手玉にとった男だ」

太宰の言葉に、フョードルは薄《うす》い笑《え》みで同意を表す。

「彼は、太宰君の案内があろうとなかろうと、最初からこのヨコハマで霧を起こす気でしたからね」

二つの結晶体を手にしたフョードルが足の向きを変える。

同様に、太宰もまた、その場にとどまることをやめて歩きはじめた。

ドラコニアの中央に据《す》えられた空位の台座の前で、太宰とフョードルは限りなく近付く。

けれど二人はそのまま歩みを止めることなくすれ違《ちが》い、ゆっくりと振り返って向き合う。

「どうぞ」フョードルが、二つの結晶体を差し出した。「この二つが、ここにある異能結晶体のなかでは最高の組み合わせです」

結晶体はフョードルの手の上で浮き、くるくると回転している。

赤い光がシャンデリアのように反射した。

いつから目をつけていたのか、フョードルはすらすらと二つの結晶体について説明する。

「ひとつは、見える範囲《はんい》の異能者を一か所に集める結晶体。もうひとつは、触《ふ》れた異能者同士の異能を混合し、ひとつの異能にする結晶体……」悪魔《あくま》の笑みをフョードルが浮かべる。「この二つでコレクションをすべて吸収すれば、エネルギー源は断《た》たれ、霧を維持《いじ》できなくなります」

以前、このドラコニアで澁澤が云っていたように、ヨコハマ全域を覆《おお》うほど大規模な霧を維持しているのは、膨大《ぼうだい》な量の結晶体のおかげだ。

ならば、ドラコニアに蒐集《しゅうしゅう》されたすべての結晶体を集め、まとめて無効化してしまえば、霧は簡単に消えるだろう。

太宰ならば、それができる。

フョードルの選んだ二つの異能を使用すれば可能となるのだ。

もし、太宰一人であったなら、それは不可能だっただろう。

なぜなら、太宰が無効化できるのは触れている範囲のみ。太宰自身は霧を無効化することができるが、他者への霧の力は無効化できない。ましてやヨコハマ全域に広がるほどの霧など、どうしようもない。

なにより、太宰一人では、澁澤を出し抜《ぬ》くことができない。

だからこそ太宰は、フョードルという協力者を必要としたのだ。

骸砦に集まる三人、太宰とフョードルと澁澤は、それぞれ目的も意思も異なるからこそ、互《たが》いの意図を読みあい、裏切りを警戒《けいかい》し、三鼎立《ていりつ》の状況となって膠着《こうちゃく》していた。

だが、目的を同じくするものが現れればどうなるか。

二対一となり、均衡《きんこう》が崩《くず》れる。

今回、太宰はフョードルという、ヨコハマの霧を消すという同じ目的を持つもの同士で手を組むことにより、澁澤を出し抜いた。

澁澤がヨコハマを狙《ねら》うことは避《さ》けられない。それを読んだからこそ、太宰とフョードルは先んじて澁澤に協力するかたちをとり、骸砦に潜入《せんにゅう》したのだ。

フョードルは二つの異能が閉じ込められた結晶を掲《かか》げ、太宰に囁《ささや》く。

「さあ、まずはあなたのキャンセル能力で、結晶という殻《から》を無効化し、異能をあるべき姿に戻してください」

フョードルの勧《すす》めにしたがうように、太宰が二つの結晶体に手をのばした。

「敦君達が無事だといいが……」

太宰の指が結晶に触れると、硬《かた》い宝石のような表面が溶《と》け、かたちを失う。

どろり。光が血のように液体となって流れ、躍《おど》り、廻《まわ》り、空中で混じりあう。

二つだった光は溶けあって回転し、ひとつの完全な球体を形作った。

生まれたのはリンゴ。

瑞々《みずみず》しくも毒々しい、血の赤で彩《いろど》られた輝くリンゴだ。

太宰の手のなかで生まれたリンゴは、ひとりでに上昇《じょうしょう》し、ドラコニアの天井《てんじょう》近くで停止する。

赤いリンゴが、能力を開花させた。

吸収。それはまさしく吸収だった。

広いドラコニアの壁《かべ》を飾り立てる無数の結晶体。そのすべてが、強烈《きょうれつ》な吸引力によってリンゴに引き寄せられ、取り込まれていく。
十、百、千、二千……。あまねく結晶体を、リンゴは貪欲《どんよく》に喰《く》らい尽《つ》くす。
吸い寄せられる結晶達の光が嵐《あらし》となり、ドラコニアを吹《ふ》き荒《あ》れる。

まばゆい光が押し寄せ、目を開けることもままならない。

数多《あまた》の結晶体を取り込み、リンゴが膨《ふく》れ上がっていく。

もはや赤い光は煮《に》えたぎり、地獄《じごく》の様相を見せている。

内包する過剰《かじょう》な力が空間を圧倒《あっとう》する。

だが、太宰は毅然《きぜん》として自分がつくりだした赤い光球を見つめ、呟《つぶや》いた。

「これに触れて消せば、すべてが終わる」——と。

凜《りん》とした横顔には、決意と責任が滲《にじ》んでいる。太宰の指が、巨大化《きょだいか》した光に伸びる直前。

どん、と、太宰の背に何かがぶつけられた。

「……っ！」

太宰の両目が見開かれる。

熱を帯びた痛みが胸に走った。

「云《い》っただろ？」太宰の背後から声がかかる。白い髪《かみ》が流れ、赤い瞳《ひとみ》が楽しげに歪《ゆが》む。「私の予想を超《こ》える者など現れない、と」

太宰の背後にいたのは、ドラコニアに入ってこられないはずの澁澤龍彥。

澁澤の手には鈍《にぶ》く光るナイフがあり、ナイフの刃《は》は太宰の背に突《つ》き立てられていた。

澁澤は笑いながら、ナイフを更《さら》に深く刺《さ》し込む。

肉の斬《き》れる、厭《いや》な音がした。

いつのまにドラコニアに侵入《しんにゅう》していたのか、太宰を刺した澁澤はナイフから手を離《はな》す。

「計画が成就《じょうじゅ》する瞬間《しゅんかん》に油断する程度の人だったんだね」失望と嘲弄《ちょうろう》をこめて云う澁澤の背後では、ドラコニアの床《ゆか》と壁が透明《とうめい》になり、膨大な異能結晶体のコレクションが見えていた。

太宰が目にし、吸収したコレクションは、ほんの一部だったのだ。

太宰はくずおれそうになりながら胸を押さえて呻《うめ》く。「鍵《かぎ》は……閉めた筈《はず》——」視線を扉《とびら》と、そして扉の鍵を閉めた筈のフョードルに送った。

フョードルは、笑っていた。——澁澤に刺された太宰を見て、ひどく面白《おもしろ》そうな表情を浮《う》かべている。それだけで、明らかだった。

なるほど、と、太宰は呟く。生暖かい血が滲み出し、外套《コート》にまるい染《し》みを作っていくのが判《わか》る。「ここで裏切りか……」

「云ったでしょ。余興は多い方がいいと」フョードルが冷たい微笑《びしょう》を太宰に向けた。「あなたが余興ですよ」

フョードルは太宰と結託《けったく》してなどいなかった。

仕組まれていた計画は、フョードルが太宰を誘《さそ》い出し、澁澤に刺されるというものだったのだ。二対一の構図は、面々を入れ替《か》えて成立する。

太宰とフョードル対澁澤ではない。太宰、対、澁澤およびフョードルだ。

フョードルは、太宰に与《くみ》している振《ふ》りをして太宰をドラコニアにおびきだし、鍵をかけたと見せかけた。鍵はかかっておらず、澁澤はあとから自由にドラコニアに入ってくることができたのだ。

「……それで」太宰が苦しげな息のもと、挑発的《ちょうはつ》に澁澤を見上げる。「次は、どうする」

太宰が床に倒《たお》れ込む。

「次はない。目的の異能はもう見つけた」澁澤が軽《かろ》やかに手をひらめかせた。「君だよ」

らんらんと目を輝《かがや》かせ、澁澤は床に倒れ伏《ふ》す太宰を見下ろす。

「最初から私の狙いは君一人だったんだよ」

心待ちにしていた昆虫《こんちゅう》を標本にする前の子供のように、澁澤は純粋《じゅんすい》な眼差《まなざ》しをしている。

太宰が呆《あき》れたように息を吐《は》いた。

「こんな果物ナイフじゃ痛いだけだと思ったが」ちらりと、太宰は澁澤に視線を向ける。「……毒か」

「致死《ちし》性の麻痺《まひ》毒だ」

澁澤が嗜虐《しぎゃく》的な笑《え》みを浮かべた。指一本、まともに動かせない太宰に囁く。

「味わえ」甘美な響《ひび》きさえ込めて、澁澤は云う。「君の待ち望んだ死だ」

「何てこと……するんだ」弱々しい声を出しながらも、太宰は皮肉めいた表情を崩さない。

視界がぼやけ、四肢《しし》の感覚が消えて行くのを感じた。

太宰の認知《にんち》する世界が溶けはじめる。

かわりに、永遠の安堵《あんど》という救済が近付いてくる。

穏《おだ》やかで薄暗《うすぐら》い無限の闇《やみ》。

ゆるやかな死が、太宰を優《やさ》しく包み込む。

「……気持ちいいじゃ、ないか」

薄く笑い、太宰が瞼《まぶた》を閉じる。

細い呼吸が、完全に消えた。

ことり。

太宰の体から力が抜ける。

血だまりに、ぼさぼさの蓬髪《ほうはつ》が沈《しず》んだ。

太宰治の、絶命の瞬間だった。

ずっと死にたがっていた男の、ようやく訪《おとず》れたあっけない幕切れに、澁澤達は興味を示さない。それよりも、霧《きり》が漂《ただよ》う骸砦で事切れた太宰の死体を注視する。

やがて、太宰の体から結晶《けっしょう》体が浮かび上がった。

澄《す》んだ白光を放つ結晶体を見て、フョードルが感心したように目を細める。「所有者が死んだことで、異能が分離《ぶんり》されはじめましたね」

澁澤の霧は、異能者から異能を分離する力を持つ。

これまでは無効化という太宰自身の異能によって分離できなかったが、死亡した今では太宰の異能は効力を発しない。すなわち、澁澤は太宰を殺すことで、ようやく太宰の異能を手に入れることができるのだ。

澁澤は歓喜《かんき》にふるえながら太宰の異能結晶体に手をのばす。「ああ……生まれて初めてだ。こんなに胸が高鳴るのは――」

澁澤にとって、恋い焦《こ》がれ、待ち望んだ異能の筈だった。そのために、わざわざドラコニアの中央にある台座を空けておいたのだ。求め続けた異能の結晶体を飾《かざ》るために。

澁澤は、輝く異能結晶体に触《ふ》れようとする。

その寸前で、結晶体に変化が起こった。

「！」

澁澤の眼前で、結晶体がじわじわと赤く染め上げられていく。

侵蝕《しんしょく》は止まらず、清らかな白が毒々しい赤に侵《おか》される。

見る間に、太宰から生まれ出た結晶体が、真紅《しんく》に染まった。

白く輝く結晶体は何処《どこ》にもない。

澁澤の両目が大きく見開かれた。

「……ちがう？　これではない？」澁澤が後退《あとずさ》る。

こんな筈ではなかった。

慄《おのの》く澁澤は、フョードルが醜《みにく》く歪んだ笑みを浮かべていることに気付かない。

真紅の結晶体はどんどん光を増し、ついには中空に浮いていた巨大な赤い光と惹《ひ》かれあいはじめる。

太宰とフョードルが二人で作った、ドラコニアの異能結晶コレクションをまとめた赤い光。

太宰が持つ無効化の異能が結晶化した真紅の光。

二つの光は、凄《すさ》まじい引力で結びつく。

莫大《ばくだい》なエネルギーを持つ大きな紅玉の光が生まれようとしていた。

想定していなかった事態に、澁澤の顔から自信がこそげおちる。落ちくぼんだ瞳で見上げるのは、手に負えないほど膨《ふく》れ上がっていく光の球だった。「何だ……？」

〝これ〟は一体、何なのか。

答えが出る前に、澁澤は、成長を続ける光に弾《はじ》き飛ばされた。

第五章

5—1

霧に包まれた製鉄所の敷地《しきち》で、敦は一人だった。

芥川も鏡花も、どちらも敦を置いて行ってしまった。芥川は罵倒《ばとう》を吐き捨て、鏡花は気遣《きづか》いを添《そ》えていったが、いずれにせよ、どちらも先に行ってしまったことに変わりはない。

敦だけが、ずっとおなじ場所に留《とど》まっている。

二人とおなじように異能を倒した筈なのに、虎《とら》がこの身に戻《もど》る気配もない。

分離した虎につけられた傷が、ずきずきと痛み血を流す。

——僕には何が足りないんだろう。

うなだれたとき、不意に強い風が吹《ふ》いてきた。

何事か、と頭を上げた敦は、目に入ってきた光景に愕然《がくぜん》とする。

霧のなかに、見覚えのある扉《とびら》が見えていた。

荘厳《そうごん》で重厚《じゅうこう》な、神々《こうごう》しい白い扉。

敦の心の奥底を引っ掻《か》くような存在の扉から、風が吹いているのだ。

『その扉を開けるな！』

「！」


叱責《しっせき》じみた声が背後から聞こえて来た。覚えのある声に、敦はびくりと肩《かた》を揺《ゆ》らす。

おそるおそる振《ふ》り向くと、そこには孤児院《こじいん》の院長が敦を高圧的に見下ろしていた。

また夢を見ているのかもしれない。あるいは幻《まぼろし》かもしれない。

けれど、夢や幻であろうと、院長の姿を見るだけで敦の胸に汚泥《おでい》が溜《た》まる。悪意に満ちた院長の言葉に、どれだけ傷ついてきただろう。どれだけ孤独を味わい、辛酸《しんさん》を舐《な》めて来ただろう。

このひとさえいなければ、と、あふれる憎悪《ぞうお》を抑《おさ》えきれない。

孤児院時代と変わらない、命令することに慣れた院長の声が敦の耳奥に響く。

『そもそも、今の貴様には、その扉を開ける力などない……その覚悟《かくご》は貴様にはまだない……』

──あなたが、僕の何を知っているって云《い》うんだ。叫《さけ》び出したくなった。

当時は逆らうことなど恐《おそ》ろしくてできなかったけれど、今はちがう。居場所を与《あた》えてほしくて飢《う》えていた子供ではないのだ。

風がさらに強まり、敦から力を奪《うば》おうとする。立ち上がることさえ許さないというかのように。院長が、敦を縛《しば》りつけるように云う。

『せっかく失った虎の力だ。決別して生きてゆけ。……安心しろ、誰《だれ》もお前に期待などしていない』

――たしかに、そうかもしれない。

事実、芥川も鏡花も敦と共に行こうとは云わなかった。実際、今の自分は役立たずだ。虎の力を使うこともできない、傷だらけの姿。

だけど、と、敦は思う。

だけど、また院長の云いなりになるのは、どうしても厭《いや》だった。

「……あなたの言葉には耳を貸さない」

憎悪を怒《いか》りに、怒りを力に変えて、敦は前に踏《ふ》み出す。

強風に煽《あお》られ飛ばされそうになっても、傷が痛んでも、足を止めることはしない。

這《は》ってでもいい。一歩一歩着実に、院長の呪縛《じゅばく》を振り切るように扉ににじりよる。

院長など、もう恐れない……！

強い決意をこめて、敦は扉に手をかける。

院長の耳障《みみざわ》りな声が聞こえた。

『知ってしまえば、知る前には戻れんぞ』

「……!?」

急に、恐怖《きょうふ》が敦を襲《おそ》った。

扉に手をかけたまま、敦は座り込みそうになる。
何故《なぜ》だ？　これは――開けてはいけない扉だからか？
自分で自分が判《わか》らない。
ただ、体が恐怖に竦《すく》んだ。目の焦点《しょうてん》が合わない。
扉にかけた指が震《ふる》えた。
『どうした？』院長の嘲《あざけ》る声が脳裏《のうり》に響《ひび》く。『そのドアに鍵《かぎ》はかかっていないぞ』
汗《あせ》が滲《にじ》み、敦は喉《のど》を上下させる。
扉にかかった敦の手が、ぴくりと動いた。

5―2

魔境《まきょう》と呼ばれるヨコハマ租界《そかい》の中心地に、骸砦は聳《そび》え立つ。

その頂上につくられたコレクションルーム、ドラコニアで、塔《とう》の主《あるじ》であるはずの澁澤は無防備に目を見開いていた。

支配者然として振る舞《ま》っていた面影《おもかげ》は無く、ただただ茫然《ぼうぜん》と目の前の情景を見ている。

凶悪《きょうあく》な赤い光を放ち、暴風を吹き荒《あ》らす巨大《きょだい》な光。

こんなものは澁澤の予定のなかに存在していなかった。

戦慄《せんりつ》する澁澤に、フョードルがおとぎばなしを聞かせるように語りかけた。

「融合《ゆうごう》の異能と、無効化の異能、相反する二つの異能がひとつになり、特異点が生まれる」

「！」

澁澤の視線がフョードルに注がれる。

この云いぶり、フョードルにとっては想定内のことだったのだろうか。

それとも――――これこそが、フョードルの描《えが》く〝あらすじ〟だったと云うのか。

衝撃《しょうげき》で言葉を紡《つむ》げない澁澤のまえで、フョードルが髑髏《どくろ》を取り出した。踵《かかと》を鳴らし、澁澤に近付く。

「太宰君の異能を手に入れても、あなたが本当に求めているもの……〝失われた記憶《きおく》〟は戻りませんよ」

「何故それを知っている⁉」

澁澤の顔色が変わった。思わず立ち上がった澁澤に、フョードルは美しい笑《え》みを向ける。

「ご心配なく」フョードルの瞳《ひとみ》が残酷《ざんこく》に輝《かがや》いた。「あなたの失われた記憶は、ぼくが埋《う》めてさしあげます」

どうやって、と、澁澤が問いかける猶予《ゆうよ》は与えられなかった。

フョードルは笑いながら、隠《かく》し持っていた果物ナイフを手中におさめる。

白刃《はくじん》が、澁澤の頸《くび》を斬《き》り裂《さ》いた。

「な……っ！」

澁澤が両目を剝《む》く。

赤い血飛沫《ちしぶき》が澁澤の視界を覆《おお》い尽《つ》くした。

無数の異能結晶《けっしょう》体が散るように、美しい花が咲《さ》くように、澁澤の血が一帯に降り注ぐ。

激痛は衝撃に近く、神経は痛みを感じ取ることもできない。

景色が異常にゆっくりと見えた。

「それが死です」フョードルの笑みが血の向こうに映る。「なにか思い出しませんか？」

澁澤の耳奥で、轟々《ごうごう》と強い風が吹く。

「……そうか」

得心がいった。倒《たお》れる体を自覚しながら、澁澤は思う。「この感覚を……私は、知っている」

終焉《しゅうえん》でありながら、華々《はなばな》しく命が煌《きらめ》く黄金の時間。絶望と希望の絶え間なき融合。

死だ。

白い死の光が澁澤を埋め尽くす。

遠い記憶が、死とともに蘇《よみがえ》る。

白い光のなかで、澁澤龍彦は幻を見ていた。

六年前、実際にあった過去の幻だ。失ったはずの遠い記憶。

拒絶《きょぜつ》することもできず、ただ見入る。

幻のなかで、過去《かって》の澁澤《じぶん》が柔《やわ》らかい声で云うのが聞こえた。

『あの院長は、君の異能力を誤解している』

六年前の澁澤が立つのは、四方を石壁《いしかべ》に覆われた地下室。明かり取りの窓は随分《ずいぶん》と高い位置にあり、空の色しか見えない。まるで外界に出ることは勿論《もちろん》、見ることさえ許さないと云いたげな、牢獄《ろうごく》のような空間。

古い石造りの部屋には、怪《あや》しげな計器や大型の医療《いりょう》機器が運び込まれ、異彩《いさい》を放っている。

だが何よりも目立つのは、部屋の中央に座らされた少年だった。

折れそうに細い少年の手足が、金属製の椅子《いす》に鉄輪で固定されている。鉄輪の拘束《こうそく》具は見るからに頑丈《がんじょう》で、少年がどれだけもがこうと、びくとも動かない。少年の薄汚《うすよご》れた靴《くつ》が、ぺたぺたと惨《みじ》めたらしい音を立てた。

『君の異能力は世界にも稀《まれ》な存在……』過去の澁澤は少年の抵抗《ていこう》を無視して陶然《とうぜん》とした表情を浮《う》かべる。『異能者の欲望《よくぼう》を導く、唯一《ゆいいつ》の異能だ』

だが、と、澁澤の声が低くなる。『若さゆえなのか、その異能は君の奥深くに仕舞《しま》いこまれていて、私の霧《きり》でも取り出すことができない』

窓から差し込んだ一条の光は、澁澤にも届かない。

『だからね』薄暗い部屋で、赤い瞳が悪魔《あくま》のように妖《あや》しく光る。『これは君のためだ』

澁澤が、慈愛《じあい》に満ちた表情で手もとのスイッチを押した。

少年の座る椅子に、強い電撃が流れる。

絶叫《ぜっきょう》。

幼い悲鳴が室内を満たす。

少年の四肢《しし》が痙攣《けいれん》し、暴れまわる。

だが、手足の拘束具が少年を椅子に縛りつけて放さない。電撃は流されつづけ、過剰《かじょう》な電圧が紫電《しでん》となって少年の体表を躍《おど》る。

ろくに栄養も与《あた》えられていない十二歳の肉体には、到底《とうてい》受けとめられない。

脳神経が焼き切れる。

筋肉繊維《せんい》が弾《はじ》け、血管がぶちぶちと千切れる。がくがくと少年の顎《あご》が揺《ゆ》れた。

『さあ』澁澤は満足そうに愉悦《ゆえつ》に浸《ひた》り、少年の顔を覗《のぞ》き込んだ。『私に驚《おどろ》きを与えてくれ――』

5―3

霧から現れた扉《とびら》のまえで、敦は逡巡《しゅんじゅん》していた。

――扉の向こうには何があるんだろう。僕は何が怖《こわ》いんだろう。

疑問が尽きることはない。恐怖も消えない。

扉の向こうから幼い少年の悲鳴が聞こえてきたのは、そんな時だった。

「！」何があったのか。ただごとではない絶叫に、敦は勇気を振《ふ》り絞《しぼ》る。

白く荘厳《そうごん》な扉には、躍動《やくどう》的な虎《とら》が描かれていたことに初めて気付いた。

やたらと重い扉を精一杯《せいいっぱい》の力を込めてこじ開ける。

ぎこちない音を立てて開いた扉の向こうに、石造りの部屋が見えた。

そこは奇妙《きみょう》な部屋だった。

天井《てんじょう》は高く、光が差し込む窓もちゃんとあるのに、なぜか妙に窮屈《きゅうくつ》さを感じさせる。

部屋の中には、よく判《わか》らない機材が沢山《たくさん》置かれていて、幾本《いくほん》ものケーブルが中央に伸《の》びていた。部屋の中央には、背を向ける長髪《ちょうはつ》の影《かげ》と、椅子のうえで暴れる子供の姿がある。

敦の心臓が冷たく凍《こお》る。

——あれは、何だ?……あれは、誰《だれ》だ。

部屋に響《ひび》く帯電の音。凄絶《せいぜつ》な悲鳴。

椅子に拘束され、電撃《でんげき》を流されている少年。それは——。


椅子のうえで泣き叫《さけ》んでいるのは、六年前の敦だった!


——なんだ、これは……!

扉のなかを見つめたまま、敦は言葉を失う。

何故《なぜ》。どうして。考えることもろくにできない。目眩《めまい》がした。

僕はこんな過去、知らない。記憶にない——。思いかけて、いや、違《ちが》う、と、首を振る。

……忘れただけ?

記憶の奥底、扉の向こうに閉じ込めていただけなんじゃないのか——……?

あ、い、い、い、い、い、い、消し去りたい過去だから。

敦に過去を突《つ》きつけるかのように、六年前の敦が痛みに苦しむ。それを見ながら、敦はゆっくりと自覚をはじめていた。

六年前。

敦は澁澤龍彦という男に会っていたのだ。ずっと忘れていた。

だからこそ、澁澤の名を聞き、写真を見るたびに胸が騒《さわ》いだ。

澁澤は孤児院《こじいん》にいた敦を訪《おとず》れ、部屋のひとつに閉じ込め、色々な計器を敦に取り付けて拘束した。そして、電流を流したのだ。

いま敦が見ているのは、再生された記憶《きおく》だ。

記憶のなかで、幼い敦は悶《もだ》え苦しみ、澁澤にそのさまを見られている。

やがて、幼い敦の胸のあたりから宝石のような結晶《けっしょう》が浮かび上がってきた。

結晶は、月のように青白く輝《かがや》いている。幼い敦を覗き込んでいた澁澤が、『おお……』とどこか異常な笑《え》みを浮かべているのが見えた。

けれど異変が起こった。

悲鳴をあげて苦しんでいたはずの幼い敦が、突然《とつぜん》、声を止めて目を剝いたのだ。

見開かれた瞳《ひとみ》は、獰猛《どうもう》な虎の眼《め》に変化していた。

金色の眼に、黒い瞳孔《どうこう》が揺れる。

つづいて、細かった腕《うで》が鋭《するど》い爪《つめ》をもつ前脚《まえあし》になり、薄汚れた靴を履《は》いていた足は逞《たくま》しい後ろ脚へと変わる。頑丈そうな鉄輪の拘束具は、薄い硝子《ガラス》のように一瞬《いっしゅん》で弾け飛んだ。

さらに、分離《ぶんり》したはずの青白い結晶体に喰《く》らいつき、ふたたび取り込む。

狂暴《きょうぼう》な牙《きば》が噛《か》み合わさった。

六年前の澁澤が焦《あせ》りはじめるが、もう遅《おそ》い。

少年の敦は、完全な虎に変じていた。

自らを縛《しば》りつけていた椅子を薙《な》ぎ払《はら》い、大層な機器の全《すべ》てを破砕《はさい》する。

そうして——虎は、白い男に爪を突き立てた。

斬撃《ざんげき》。

澁澤の顔に深い爪痕《つめあと》が走る。べろりと皮が剝《は》がれ、骨が削《けず》れた。

白い部屋に、血飛沫《ちしぶき》が舞《ま》う。

無数の異能結晶体が散るように、美しい花が咲《さ》くように、澁澤の血が一帯に降り注いだ。

「思い出した」

霧が生み出した記憶の部屋で、十八歳の敦は、気づけば澁澤龍彦と向かい合っていた。
虎に殺された六年前の澁澤ではなく、妙にぼんやりとして目の光を失った男だ。彼が、なぜ敦とおなじように再生された記憶をながめているのかは判らない。自分のことだけで精一杯だった。

心の奥底に封印《ふういん》していた記憶のすべてを思い出し、敦は「そうだ……」と声を漏《も》らす。

「あのとき僕は爪を立てた、あのとき僕は爪を立てた、あのとき僕は爪を立てた、あのとき僕は爪を立てた……」

幾度《いくど》も幾度も繰《く》り返し、敦は自分を責め立てる。

敦とおなじように、澁澤龍彦も呟《つぶや》いた。「あのとき私はスイッチを押した……」

澁澤龍彦の顔には、六年前とおなじ、大きな爪による深い傷が現れる。忘れていた記憶のすべてが、蘇《よみがえ》っていた。幼い敦を痛めつけた末に反撃を受けて殺されたことも、すべて思い出していた。

そもそも六年前、澁澤は何故、敦を狙《ねら》ったのか？　理由は単純だ。

「君の異能が、すべての異能者の欲望を導く異能だと聞いたからだ」

澁澤龍彦の言葉に、敦がびくりと反応する。「それを誰から聞いたんです？」

問われるままに、澁澤龍彦が答えた。「フョードルという露西亜人《ロシア》……そしてあのとき、私は——」


「——そうです」

ドラコニアに居たフョードルが、記憶を旅する澁澤龍彦に頷《うなず》くように独り言《ご》ちた。

コレクションルームであるドラコニアには、もはや生きている人間はフョードルしかいない。

床《ゆか》には太宰の遺体が横たわり、さきほどまで居たはずの澁澤龍彦の姿は忽然《こつぜん》と消えていた。

けれどフョードルは気にすることなく、巨大《きょだい》な赤い光球の下で手にした髑髏《どくろ》に視線を落とす。

いつも骸砦の最上階でリンゴとともに飾《かざ》られていた髑髏だった。

ぱきり。髑髏に塗《ぬ》られていた塗料《とりょう》が剥がれる。

ぺき、ぱきぱき、ぱきんっ——バリバリバリバリバリ！

大量の虫が卵から孵《かえ》るような音を立て、すべての塗料が剥がれ落ちる。

白い髑髏の額には、深い爪痕が残っていた。

それこそ、虎の爪痕。

ずっと骸砦に飾られていた髑髏は、澁澤本人のものだったのだ。

フョードルが憐《あわ》れみをこめて澁澤の髑髏に囁《ささや》いた。「あのとき、あなたは死んだ」

「そして、あなたのコレクションを引き継《つ》いだのは」視線が、ちらりと、さきほどまで澁澤龍彦の立っていた場所に向けられる。「死体から分離したあなた自身の異能だったのです」

おそらく、骸砦にいた澁澤龍彦の体のどこかには、赤い結晶が輝いていただろう。

自分が人間だと思い込んでいた異能《にんぎょう》。まるで喜劇《コッペリア》だ。

フョードルが髑髏を掲《かか》げ持つ。

赤い帯が無数に走り、ドラコニアの隠《かく》し部屋が明かされる。

床に偽装《ぎそう》された隠し部屋には、まだまだ多くの結晶体が保管されていた。

これらを吸収させれば、赤い光球はもっともっと大きくなるだろう。

ドラコニアに飾られていた量より、隠されていた結晶体のほうが多いのだから。

暗い笑みを浮《う》かべ、フョードルは虚空《こくう》を見据《みす》える。

「死の事実を忘れ、自分を収める部屋を自ら管理する蒐集《しゅうしゅう》品。それが今のあなたです。あなたは虎《とら》に爪を立てられ、殺されてしまったのです……」

「あのとき僕は爪を立てた、あのとき僕は爪を立てた、あのとき僕は爪を立てた、あのとき僕は爪を立てた、あのとき僕は爪を立てた……」

六年前で時が止まってしまったような石造りの部屋で、敦は己《おのれ》を責め続ける。

院を出て一人になったとき、如何《どう》しようもなくなり行き倒《だお》れそうになったとき、そのとき、ようやく異能が目覚めたのだと思っていた。

だけど、違ったんだ。

もっと前に、敦は異能に目覚めていた。虎の力を振《ふ》るっていた。

——澁澤を殺すというかたちで。

罪悪感で押しつぶされそうになる。

自責を続ける敦に、澁澤龍彦——澁澤とおなじ顔をした、澁澤から分離した異能——が、ぽつりとこぼした。「ああ、あのとき君は私を殺した……」

「！」

責めるような澁澤龍彦の言葉が、敦の心を逆なでした。

はちきれそうなほど膨《ふく》らんでいた罪の意識を刺激《しげき》され、感情が爆発《ばくはつ》する。——僕が悪いっていうのか⁉　違《ちが》う、そんなことない。信じたくて、開き直りのように叫《さけ》んだ。「だって爪《つめ》を立てるだろ！」

敦はおもわず、怒鳴《どな》りこむ。

心からの叫びが、咆哮《ほうこう》となる。僕は何も悪くない！　だって——。

「だって僕は生きたかった！」

全身全霊《ぜんれい》で叫び声をあげる。そうしなければ壊《こわ》れてしまうと思った。いつだってそうだ。

いつだって敦は自分を守るために戦ってきた。全力で、何もかもを武器に代えて。

貪欲《どんよく》な生への渇望《かつぼう》の、何が悪い⁉

「——いつだって少年は、生きるために虎の爪を立てるんだ‼」

扉《とびら》を閉める重い閂《かんぬき》が割れた気がした。


コレクションルーム、ドラコニアを無数の赤い螺旋《らせん》が走り、赤い光球が輝《かがや》きを強める。

それはまるでドラコニア自体に意思が宿り、あふれ出る力を揮《ふる》うかのようだった。

幾百《いくひゃく》、幾千の異能を喰《く》らい膨れ上がった光は、其処《そこ》に斃《たお》れていた太宰治の遺体まで取り込もうとする。

太宰の遺体が浮き上がり、光に呑《の》み込まれた。

赤い光の暴走を気分よく眺《なが》めていたフョードルは、やや驚《おどろ》いた顔をする。

「……君は欲張《よくば》りだな、太宰君」光球に融合《ゆうごう》されていく太宰を見て、フョードルが目を細める。

「死して尚《なお》、この街の終末を見届ける気か」

赤い光球に、太宰の体が溶《と》けた。

直後、爆発を起こしたように光が周囲に広がった。窓硝子《まどガラス》が砕《くだ》け散る。

光はもはや、小さな塔《とう》などには収まりきらぬと云《い》いたげに、骸砦から外へと滲《にじ》み出ていく。

外界へと向かう光の渦《うず》を見たフョードルは、ふっと手のなかの髑髏に語りかけた。

「あなたに、ぼくという初めての友達ができた記念に、いいことを教えましょう。この霧《きり》の中で、なぜぼくの異能が分離《ぶんり》しないか考えた事はなかったのですか？」

澁澤の霧にふれれば、異能が分離し、本来の異能所有者を殺そうとする。その原則は変わらない。

だからこそ探偵《たんてい》社の面々は自分の異能を相手に苦戦を強《し》いられ、太宰は死亡して漸《ようや》く異能が分離した。

けれど、フョードルは異能に殺されていない。何故《なぜ》なのか。

答えるように、足音がドラコニアに響《ひび》いた。

ゆっくりとドラコニアを横切り、床に落ちていたリンゴを拾う〝彼〟の手には、赤い結晶《けっしょう》が輝いている。〝彼〟は、フョードルとおなじ顔をしていた。

リンゴを持つ〝彼〟と、髑髏を持つフョードル。二人は互《たが》いに自分の持つ球体を掲げながら、背中合わせになって囁く。

「ぼくは罪」

「ぼくは罰《ばつ》」

おなじ声を持つ二人の言葉が、ドラコニアの空気を揺《ゆ》るがす。冷たく硬質《こうしつ》な響きには、あらゆる全《すべ》てを嘲《あざけ》り、弄《もてあそ》ぶ気配があった。

「知ってるかい？」髑髏を持つフョードルが嗤《わら》う。

「罪と罰は仲良しなんだよ」罪の果実を持つ彼が笑《え》む。

二人は反対の方向を見つめながら、おなじものを感じ取る。骸砦を取り囲む、赤い光の存在を。フォードルと彼とが、交互《こうご》に口ずさんだ。

「境界が消滅《しょうめつ》する」「部屋が目覚める」

フォードル達の視線のさきで、赤い光が膨れ上がる。二人は甘い誘《さそ》いを口にして、赤い光を唆《そそのか》す。

「終焉《しゅうえん》の化身《けしん》、異能を喰らう霧の王」「熱量そのままに、本能そのままに、暴れ、喰らい、咆えたけりなさい」

紫水晶《むらさきずいしょう》の瞳《ひとみ》が歪《ゆが》み、唇《くちびる》が弧《こ》を描《えが》いた。

二人の声に導かれるようにして、塔の天頂から光が溢《あふ》れ出る。

溢れた光は赤い霧のように世界を侵蝕《しんしょく》し、あっというまに大きくなっていく。

やがて輪郭《りんかく》をととのえ、ひとつの巨大な生物をかたちづくる。

蒼白《そうはく》な月のもと、骸砦に蜷局《とぐろ》を巻くようにして、それは生まれ出た。

月を呑み、雲を纏《まと》い、霧を蹴散《けち》らす偉大《いだい》な存在。その威容《いよう》の前では、骸砦さえ赤子の玩具《がんぐ》に見える。

蛇《へび》のような体躯《たいく》は輝く鱗《うろこ》で覆《おお》われ、長い鬣《たてがみ》が威風を放つ。

その爬虫類《はちゅうるい》を思わせる手だけでヨコハマのビルを握《にぎ》りつぶせるだろう。狂暴《きょうぼう》さを感じさせる牙《きば》ひとつひとつが、人の体よりはるかに大きい。

暴虐《ぼうぎゃく》さと神聖さを併《あわ》せ持つ、稀有《けう》なる姿。

龍《りゅう》。

人の世に存在せぬはずの姿でもって降臨した存在を見て、フョードルはぞっとするほど美しい笑みを浮かべた。

「これは暴走でも特異点でもない」神託《しんたく》を告げるようにフョードルは云う。「龍こそが、異能が持つ混沌《こんとん》の本来の姿なのです」

ヨコハマの街に、龍が降り立つ。

龍は咆哮でもって、みずからの存在を世界に知らしめた。

5—4

「龍だと……」

ヨコハマの市街地で、骸砦に向かって走っていた芥川が目を剝《む》いた。視線の先にあるのは、骸砦を守護するように現れた巨大《きょだい》な龍だ。

「…………」芥川のすぐ傍《そば》を走っていた鏡花もまた、龍の姿に唇を噛《か》む。

とてつもなく大きな敵が立ちはだかっている。目で、肌《はだ》で、それが感じられた。

龍は、猛々《たけだけ》しく威圧を振りまく。


上空にある衛星から骸砦を注視していた異能特務課も、龍の出現にいち早く気付いていた。

特務課の通信室では、オペレーターの悲鳴に似た声が上がる。

「特異点異常値が上昇《じょうしょう》!」恐怖《きょうふ》と焦《あせ》りを滲ませて、オペレーターは画面にうつる計測値を見る。

「六年前の二倍、二・五倍……異常値上昇中!」

責任者である坂口安吾は、危険水準をあらわす赤色点灯に強張《こわば》った表情を浮《う》かべた。

現在、特務課が打てる手はすべて打ってある。あとはどうすることもできない。とはいえ、気楽に見ているだけなど到底《とうてい》できるものではなかった。

焦燥感《しょうそうかん》と祈《いの》りで汗《あせ》が滲む手を机に叩《たた》きつけ、安吾が問う。「Ａ５１５８の現在地は？」

オペレーターが安吾に答えるより先に、機械を通した通信音声が響いた。——おたついてんじゃねぇ、サンピン！　と。

「——！」


「いい感じに場があったまってるじゃねェか」

さきほど、通信越《ご》しに坂口安吾を一喝《いっかつ》した男——Ａ５１５８のコードネームで呼ばれる異能者、中原中也は、にやりと口元に笑みを浮かべた。

ヨコハマ上空。

霧が届かないほどの高高度で唸《うな》りをあげ滞空《たいくう》しているのは、異能特務課の機密作戦用輸送機『鴻鵠《こうこく》』だ。回転翼《かいてんよく》が風を起こし、轟音《ごうおん》を上げる。ごうん、と空洞《くうどう》が揺れ、ゆっくりとハッチが開けられた。冷たい夜の空気とともに、まるい月が中也の視界に入ってくる。雲は無く、澄《す》みきった夜空に浮かぶ月は、ただただ美しい。

美しい月が照らすのは、霧の立ち込めるヨコハマと、ヨコハマを喰《く》らい尽《つ》くしてしまいそうなほど大きな龍という、いっそ幻想《げんそう》的な風景だ。

ただし霧も龍もたしかに現実であり、破滅《はめつ》を齎《もたら》すものであることは疑いようがない。

『中也君』目を細めてヨコハマを見下ろす中也に、安吾からの通信が届く。『おそらく太宰君はすでに排除《はいじょ》されています。この意味が判《わか》りますね？』

感情を押し殺して話す安吾の声を聞きながら、中也はみずからの手袋《てぶくろ》を剝《は》ぐ。構やしねェよ、と、口を動かした。

『いいのですか？』安吾は問いを重ねる。『報酬《ほうしゅう》である僕の命を受け取っていませんが』

「思いあがんなよ」中也が安吾の声を遮《さえぎ》るように告げた。

一人、ヨコハマ上空に降りようとする中也の表情は誰《だれ》にも見えない。静かな声だけが安吾に届けられる。

「……六年前の手前《テメエ》は下っ端《ぱ》の潜入捜査官《せんにゅうそうさ》だ」すべてを諒解《りょうかい》している響きで中也は続けた。

「澁澤の投入に反対しても、聞き入れられなかったんだろ？」

『…………』

通信の向こうで、安吾が声を詰《つ》まらせる。

これは俺の戯言《たわごと》だが、と、中也が独り言のように呟《つぶや》いた。

「太宰のポンツクは、あの中にいる。間違《まちが》いねェ」

中也が見ているのは、ヨコハマを暴れまわる巨大な龍だ。龍のなかに太宰が取り込まれていることを、中也は直感で感じ取っていた。

「一発殴らねェと気が済まねェんだよ」宣言するだけして、中也は切るぞ、と短く云《い》って通信を切る。

『——……頼《たの》みます』

己《おのれ》の無力を噛みしめ、悲痛ささえにじませた安吾の、祈りにも似た言葉が、中也に届いたかは判らない。

ただ、中也は自らの意志でもって鴻鵠の後部ハッチに立ち、下界を見下ろす。

「まもなく目標地点上空です」という声に、ちらりと目線を向けた。背後にいたのは、長い髪《かみ》をアップにまとめた吊《つ》り目の女性だ。背広を着こなす彼女の姿に、中也は僅《わず》かに考えるそぶりを見せたのち、眉《まゆ》を上げた。「お前、あん時の嬢《じょう》か」

「辻村《つじむら》です」自ら名のり、辻村は中也を見つめる。「……本当に行く気ですか？」

「ああ」

「無理です！」即答《そくとう》した中也を、辻村は目じりを上げて睨《にら》みつける。「下は地獄《じごく》ですよ！」

辻村からすれば、眼下に見える龍はあきらかに人知を超《こ》えた化け物。それと戦うなど、無理がある。能力者とて人間だ。にもかかわらず、己を過信して戦えば——死にますよ。そう、辻村は断言する。

けれど中也は、辻村の言葉を鼻で笑った。

「そういうのはな、ビビって帰っていい理由にゃなんねェんだよ」

端然《たんぜん》と告げ、中也は一歩、前へと踏《ふ》み出す。硬《かた》い靴音《くつおと》が響《ひび》いた。

「ビビって帰っていい時はどんな時か判るか？」問いかける中也の外套《がいとう》が風に煽《あお》られ、おおきくはためく。

中也の問いも意図も判らず、辻村は当惑《とうわく》しながら首を横に振《ふ》った。「……判りません」

「ねぇよ、そんな時」

「！」

辻村の戸惑《とまど》いを両断するように云いきり、中也が床《ゆか》を蹴《け》る。その足取りには一切《いっさい》の躊躇《ちゅうちょ》が無い。

みずからの進む道を確信しているかのように、中也は空へと飛び降りた。

風圧が襲《おそ》う。大気が肌を斬《き》る。

ヨコハマに巣食う龍と、目が合った気がした。

中也はひそやかに声を出す。「──汝《なんじ》、陰鬱《いんうつ》なる汚濁《おぢょく》の許容よ、更《あらた》めてわれを目覚ますことなかれ……」

声に応《こた》え、中也の両腕《りょううで》に異能痕《こん》が走りはじめる。異能痕は輝《かがや》き、光を強め、中也の全身を駆《か》け巡《めぐ》る。膨大《ぼうだい》な力が溢《あふ》れ出す。汚濁は始まった。もう中也自身にも止めることはできない。霧《きり》に触《ふ》れてしまわないよう重力で払《はら》いながら、中也はビルの屋上に降り立つ。同時に、降り立ったビルそのものを破壊《はかい》した。

中也の足元からコンクリートが罅割《ひびわ》れ、砕《くだ》け散る。破片《はへん》が宙を舞《ま》った。

砕け散ったコンクリートの破片を足場にして、中也はまるで空に浮かぶ階段を駆けのぼっていくかのようにして龍に近付いていく。

「すごい……」鴻鵠に残った辻村は、中也の姿を確認《かくにん》しながら思わず呟く。「どんどん上ってる」

おなじように計測器や衛星画像を見ていたらしい安吾が、通信口で辻村に語りかけてくる。

『彼の異能力は重力操作です』

異能力《汚《よご》れつちまつた悲しみに》。中原中也の持つ異能は、あまりにも強力だ。

『ですが』安吾が沈痛《ちんつう》な声を出す。『自らを重力子の化身《けしん》とするあの「汚濁」の状態は、自分では制御《せいぎょ》も解除もできません』

「死ぬまで暴れ続けるってことですか!?」辻村が血相を変える。

通信口の安吾が、静かに同意した。『唯一《ゆいいつ》の解除方法である太宰君の異能無効化がない以上、彼はもう……』

「そんな……」

安吾も辻村も、それ以上言葉が出てこない。ただ、凄《すさ》まじい勢いで霧を散らす中也の姿を見守ることしかできなかった。

辻村と安吾、そして異能特務課の面々が見守るなか、中也は跳《は》ねるようにして宙に浮くコンクリートの破片を渡《わた》り歩く。向かうさきは龍《りゅう》の正面だ。

中也の気配を悟《さと》ったのか、龍は中也に向けて、尾《お》から無数の光線を放つ。数十の光線は龍の形となって中也に襲い掛《か》かり、搦《から》めとった。

だが、中也はそれを内部から食い破る。

自らが囚《とら》われた檻《おり》を弾《はじ》き飛ばし、右手に大きな重力子弾《だん》を発生させた。強大な引力を持つ銃《じゅう》弾《だん》を、龍の鼻先に撃《う》ちこむ。

同時に、龍もまたその咢《あぎと》から光弾を撃ち放った。

衝突《しょうとつ》。

重力子弾と光弾とがぶつかりあい、衝撃波《しょうげきは》が走る。光が空を埋《う》め尽くし、中也の体が衝撃ではじかれた。重力を操《あやつ》る間もなく、中也は空から一直線に落とされ、地面に叩《たた》きつけられる。石畳《いしだたみ》が派手に割れた。

中也の体は石畳に埋《うず》まり、動かない。

龍が開けていた口を閉じ、光がおさまっていく。

数秒の攻防《こうぼう》で、龍と中也の戦いは決着したかに見えた。

けれど、次の瞬間《しゅんかん》。

霧のなかから、何か巨大《きょだい》なものを手にする中也の姿が見えた。中也が手にしているのは――

――ビル。

ビルが、まるごと重力を無視して浮き上がっている。

中也は、三〇階以上ある大きなビルを持ち上げ、龍に向かって打ち下ろす。

一撃。二撃。

獣《けもの》じみた雄叫《おたけ》びをあげながら、中也がビルで龍を殴《なぐ》りつけた。小柄《こがら》な体からは考えられない規模の戦いをしてみせる。

ビルという大質量による物理攻撃を受け、龍がふたたび光弾を撃とうとした。

その龍の開いた口に、三撃目。

中也が、ビルをまるごと龍の口に叩きこむ。

激震《げきしん》が起き、ビルが龍を押しつぶす。龍がビルを破壊する。
超濃度《ちょうのうど》のエネルギー体である龍と、大質量のビルとが激突《げきとつ》し、空間が歪《ゆが》む。
龍の喉奥《のどおく》で輝いていた光弾が、行き場所を失い内部で爆発《ばくはつ》した。
それにより生まれた隙《すき》を狙《ねら》って、中也が拳《こぶし》を振り上げる。
全身全霊《ぜんれい》を込めて、重力子弾を撃ちこむ。

「太宰！」
叫《さけ》びは大気を震《ふる》わせ、弾《たま》は龍の体を穿《うが》つ。
龍が身を捩《よじ》らせ、耐《た》えきれなくなったように全身が光に変じた。
閃光《せんこう》が走る。
龍が消え、かわりに真紅《しんく》の光があふれだす。
灼熱《しゃくねつ》の炎《ほのお》に焼かれたように、霧が吹《ふ》き飛ばされ、骸砦一帯が光に包まれる。
目を灼《や》く光のなかで、骸砦が、ゆっくりとその形を失っていく。
曲線を描《えが》く塔《とう》が折れ、漆黒《しっこく》の影《かげ》が毀《こわ》れる。
音も届かない光の極致《きょくち》で、残された欠片《かけら》が脆《もろ》く崩《くず》れていった。

一方、龍が消えた光の中心地では、浮かぶ太宰の遺体に中也が肉薄《にくはく》していた。
全身から血を流しながら、中也は拳を握《にぎ》りしめ、振りかぶる。

振りぬいた中也の拳が、太宰の頬《ほお》を殴り飛ばした。

乱暴なしぐさに、太宰の背からナイフが抜《ぬ》け落ちる。

何かが弾《はじ》けたような音がした。

まるで、口中に仕込んだカプセルが、殴られた衝撃で潰れたような音。

清らかな白と毒々しい赤のカプセル。

それが太宰の口中で潰れ、中の薬液を溢れさせる。

とろりとした液体が、太宰の喉を通り抜けた。

やがて、汚濁に侵《おか》され、獣のようになった中也の頬に、長い指が触れる。

途端《とたん》。中也の能力が無効化された。

「……私を信じて『汚濁』を使ったのかい？　泣かせてくれるね……」

落ち着いた声が響《ひび》く。

それは、つい先ほどまで死亡していたはずの太宰の声。

聞こえて来た声に驚《おどろ》くことなく、中也が太宰に応じた。「ああ、信じてたさ。手前《テメエ》のクソ忌々《いまいま》しい生命力と悪知恵《わるぢえ》をな」

すでに中也の体から汚濁は消えている。太宰が無効化したためだ。

太宰が殴られた頬に手を当てつつ、薄《うす》く笑った。「白雪姫を目覚めさせるには、少々乱暴な方法だったね」

「殴られるのを見こして、口の中に解毒剤《ざい》を仕込んでやがったくせに……」中也が嫌悪《けんお》もあらわに吐《は》き捨てる。

すべては太宰の想定通り。

フョードルが太宰に協力するふりをして澁澤と結託《けったく》することも、澁澤がフョードルと組んで太宰を毒殺しようとすることも、異能特務課が中也を招聘《しょうへい》することも、中也が死亡した太宰を殴るであろうことも。

なにもかも、太宰の想定した通りだった。

龍の残滓《ざんし》である光が徐々《じょじょ》に消えて行き、骸砦を構成していた大小無数の破片が落ちていく。

太宰の体もその残骸《ざんがい》へと降り立ち、さらに上から中也が落ちてくる。

折り重なるようにして太宰の上に乗ってしまった中也が、苛立《いらだ》たしげに眉《まゆ》を寄せた。力が入らない体を必死に動かし、太宰の上から去ろうとする。

放しやがれ、という中也の囁《ささや》きは、太宰によって封《ふう》じられた。「動くな」

「ああ?」

動かないよう太宰の手で頭を押さえつけられ、中也が顔を歪める。

周囲を見回しながら、太宰が告げた。「霧《きり》がまだ消えていないようだ。この状態で君の異能から君を守るなんて状況《じょうきょう》は御免《ごめん》こうむりたい」

太宰の言葉に、中也がぴくりと眉を動かした。「……まだ終わってねェのか」

「ああ。……恐《おそ》らく、ここからだ」太宰が真剣《しんけん》な表情で頷《うなず》く。

「くそ……」中也がくやしげに呻《うめ》き、起き上がろうとする。けれど、太宰に押さえられていることもあり、動けない。「もう指一本……動かせ、ねェ、ぞ」

それが限界だったのか、中也が気を失う。

気絶した中也を一瞥《いちべつ》して、太宰は骸砦の残骸に視線を向けた。

崩れ落ちた塔は先端《せんたん》部分が残っており、廃墟《はいきょ》の上に突《つ》き刺《さ》さっている。

塔に残る誰《だれ》かを見据《みす》えるようにして、太宰は呟《つぶや》く。

「ここまでは読んでいた……けれどこの先は、彼ら次第《しだい》だ」

塔の先端は、怪《あや》しげな光を放ちはじめていた。

夜はまだ明けない。宴《うたげ》はまだ終わっていない。

龍は静かにかたちを変える。

5—5

「あなたは全《すべ》てを知っているようでいて、その実何も知らない」

玲瓏《れいろう》たる声が、半壊《はんかい》した広間に響いた。

かつて骸砦の最上階であった場所。その中央に立っているのは、フョードルだ。

フョードルは、龍の出現にも塔の崩壊《ほうかい》にも驚くことなく、変わらず澁澤龍彦の髑髏《どくろ》を掲《かか》げ持っている。

そっとフョードルが手を離《はな》すと、髑髏はそのまま宙に浮いた。

宙に浮く髑髏に語りかけるようにして、フョードルは微笑《ほほえ》む。

「もはやこの霧の拡散は止まらない。地球は死の果実、デッドアップルとなる——……」

囁きとともに、フョードルが結晶《けっしょう》体の欠片を髑髏の額に埋《う》め込んだ。赤い光が明滅《めいめつ》する。フョードルからの、ささやかな贈《おく》り物だ。

フョードルが澁澤の髑髏に埋め込んだのは、異能を集める結晶体の欠片。太宰に渡《わた》したものの一部を隠《かく》し持っていたのだ。

これであなたが特異点だ、と、フョードルが嘯《うそぶ》く。

異能力の特異点。

それは、複数の異能力が互《たが》いに干渉《かんしょう》した結果、新たな結果を生み出すことになる状況を指す。

どの異能を組み合わせれば特異点が生まれるのかなどの詳《くわ》しい条件は判《わか》っていない。ましてや、どんな結果をもたらすことになるかなど、誰にも判らない筈《はず》だった。

にもかかわらず、フョードルは意図的に特異点を発生させ、求める状況に誘導《ゆうどう》してみせている。

欠片《かけら》の結晶体を埋め込まれた髑髏が揺《ゆ》らぎ、中也によって破壊《はかい》された龍《りゅう》の欠片を取り込みはじめる。

特異点が発動する。

髑髏から生まれる毒々しい赤い帯が、空間と時間を捩《ね》じれさせ、新たな体を受肉する。

フョードルの見ているまえで髑髏は輝《かがや》き、赤い帯がくるくるとまわり、ひとつのかたちを作ろうとしていた。

ゆっくりと、少しずつ、白い指が形作られ、長い白髪《はくはつ》が風に揺れる——。

中也によって龍が斃《たお》され、フョードルが特異点を作ろうとしていたとき。

敦は、未《いま》だに時が止まった空間に立っていた。

霧のなかに生まれた扉《とびら》をくぐって辿《たど》り着いた、六年前の記憶《きおく》の部屋。

敦がかつて罪を犯《おか》した場所で、被害者《ひがいしゃ》であったはずの男、澁澤龍彦は唇《くちびる》を動かす。「すべて思い出した」

澁澤の思考は澄《す》んでいた。

六年前、フョードルに唆《そそのか》されて訪《おとず》れた孤児院《こじいん》で幼い敦を痛めつけ、反撃《はんげき》された結果殺されたことを思い出したおかげだった。何もかもが明瞭《めいりょう》になったのだ。

澁澤は、ずっと探しものをしていた。

自分自身の空白、即《すなわ》ち、失った六年前の記憶を探し続けていた。

そのために必要な鍵《かぎ》は太宰の異能であると思い、ヨコハマで大規模な霧を起こす計画を立てた。そうすれば、太宰が釣《つ》れると確信したからだ。

案の定、太宰は霧を消すため、協力者のふりをして澁澤に近付いてきた。

澁澤は太宰の企《たくら》みに気付きながら、太宰の異能を手に入れる隙《すき》を待つため、気付かないふりをして太宰を迎《むか》え入れた。

予想通り、太宰は澁澤の手の上で踊《おど》り、フョードルと澁澤が手を組んでいたことにも気付かず、フョードルを信じて隙を見せた。澁澤がずっと待っていた隙だった。

だから太宰を殺した。

だが、違《ちが》った。

太宰の異能は、澁澤が求めるものではなかったのだ。

澁澤の記憶の欠落を埋める鍵は、太宰ではなく、敦の異能だった。

そして何より――。

「私が本当に求めていたのは異能ではなく、己《おのれ》の異能に抗《あらが》い、運命に打ち勝つ生命の輝き……君が見せた輝きだったのだ」

生を渇望《かつぼう》する煌《きら》めき。それこそ澁澤の求めるものであり、それを感じることこそ、至上の喜びだった。そもそも六年前も、それを求めて様々なことをしたのだから。

喜びが奥底からあふれてくる。歓喜《かんき》の味を澁澤は初めて知った。

そして今、輝きの持ち主は、ふたたび澁澤の前に姿を見せている。

澁澤は、自分に光を与《あた》えてくれる唯一《ゆいいつ》の存在である敦に、熱い眼差《まなざ》しを注ぐ。もう一度、あの喜びを感じたくて、剝《む》き出しの欲望《よくぼう》をぶつけた。

「私を殺して生命力を証明してみせた君の魂《たましい》を……さあ、その輝きを見せてくれ」

澁澤の白い指がかたちを失い、長い白髪が消えていく――。

記憶の部屋にいた澁澤が消えていくのに合わせて、ドラコニアでは、宙に浮《う》く澁澤の髑髏を中心に、澁澤の体が形作られていく。

蜥蜴《とかげ》の尾《お》が再生するように、赤い帯が澁澤の体を再構築する。

髑髏と赤い結晶体を依《よ》り代《しろ》に、特異点から新たな龍が生まれ落ちる。

なめらかな白い膚《はだ》を白い外套《がいとう》でつつみ、長い白髪をなびかせた青年。

美しい容貌《ようぼう》には、大きな爪痕《つめあと》が残っている。

その額には赤い結晶が龍の角のごとく輝く。

真紅《しんく》の両眼が、うっそりと嗜虐《しぎゃく》的な笑《え》みを浮かべた。

龍の力を持ち、龍神とでも呼ぶべき人外の異能的存在として蘇《よみがえ》った澁澤龍彥。

彼の意志は変わらない。

輝きを感じるため、澁澤は敦を追いつめなくてはならない。六年前より、もっと酷《ひど》く、もっと激しく、敦を痛めつけねばならない。

生命とは、追いつめられた限界でこそ強く美しく輝くと信じている澁澤にとって、当然の帰結だった。

だから澁澤は力を奮う。新しく手に入れた赤い霧《きり》を、世界にむけて振《ふ》りまく。

赤い霧が、世界を侵蝕《しんしょく》しはじめた。

「…………」

フョードルの笑みは、誰《だれ》にも見られることがない。

第六章

6―1

神奈川県と東京都を結ぶ高速道路は、規制され、すべて通行止めになっている。

しかし神奈川県側を見張るように、県境で停車する車があった。特務課の監視《かんし》班だ。

神奈川県側は白い霧に覆《おお》われ、どうなっているのか判《わか》らない。

注意を払《はら》いながら霧の様子を監視していた時だった。

霧が突然《とつぜん》、赤く染まる。

さらに、それまで薄《うす》い膜《まく》でも張っているかのように動かなかった霧との境目が、ゆらりと揺らいだのだ。監視員が気付いた時には、赤い霧がすぐそばに忍《しの》び寄っていた。

監視員は、すぐさま車を急発進させるが、間に合わない。

霧に呑《の》み込まれた途端《とたん》、車は速度を失い、スリップして停車する。車内からは、さきほどまで居たはずの人影《ひとかげ》が消えていた。

赤い霧が世界を覆えば、地球はあたかも宇宙に浮かぶ一個のリンゴに見えるだろう。その地上には誰もおらず、人の気配など皆無《かいむ》だ。

誰もいない、真の楽園。それでこそ、ようやく死のリンゴ《デッドアップル》が完成する。

赤い霧に覆われ、死の星となった地球こそ、フョードルが予定し、求め続けていた結末だ。

人間の原罪は死によってしか雪《すす》がれないのだから、リンゴから始まった罪はリンゴとなって終わるのが、ふさわしい。

ナイフの刺《さ》さった赤いリンゴに、この未来を込めていたなど、フョードル以外の誰も気付いていなかっただろう。

赤い霧は、どんどんと勢力をのばす。

ありとあらゆる魂を呑み込むために。


「霧のエリアが拡大を始めました！」

異能特務課の通信室に、オペレーターの声が響《ひび》く。すべての計器が悲鳴を上げていた。職員がそれぞれに現状を訴《うった》える。

「異能特異点の変動値、計測不能！」

「拡大速度、毎時二〇粁《キロメートル》、現状の速度が続いた場合、約一時間三五分で関東全域、約一二時間三六分で日本全土、地球全土が覆われるのは約一六八時間後です！」

癖のある長い髪《かみ》をおろした特務課の女性、村社《むらこそ》が、しかめ面《つら》で風船ガムを膨《ふく》らます。

赤いガム風船が、ぱちん、とはじけた。「マジかよ」

すべての雑音を黙《だま》らせるように、けたたましい音が鳴る。

「これは……」音の発生源に気付いた青木《あおき》が目を見張った。「英国の特務機関から通信コールです」

指令席の安吾が身を乗り出す。「！　時計塔《とう》の従騎士《きし》か」

即座《そくざ》に通信が繋《つな》げられる。

〝SOUND ONLY〟と表示された液晶《えきしょう》画面から、艶《つや》めいた声が届けられた。

『ご機嫌麗《きげんうるわ》しゅう……』

特務課に居並ぶ全員が、電撃《でんげき》を浴びせられたように硬直《こうちょく》し、息を呑《の》む。

デイム・アガサ・クリスティ爵。声だけで魅了《みりょう》されてしまいそうなほど蠱惑《こわく》的な女性。機械音声を通しているはずなのに、伝わってくる絶対者の風格に、気圧《けお》されそうになる。

『欧州《おうしゅう》諸国を代表して、貴国の危機的 状況《じょうきょう》に同情いたしますわ』気品と欺瞞《ぎまん》に満ちた声で、アガサは続ける。

『つきましては』告げられたのは、終焉《しゅうえん》の知らせだった。『世界への霧の蔓延《まんえん》を未然に防ぐため、焼却《しょうきゃく》の異能者を派遣《はけん》してさしあげました』

「焼却の異能者……!?」安吾の喉《のど》が渇《かわ》いてひりつく。「発動予定時刻は？」

『きっちり三〇分後。夜明けとともに……』鈴《すず》を転がす声が答え、通信が一方的に切断される。

もはや提案ではなく、宣言であった。

事実、すでに英国の紋章《もんしょう》が施《ほどこ》された爆撃機《ばくげき》は発進しており、日本に向かう航路上にある。

欧州諸国は、澁澤龍彦を日本ごと沈《しず》めてしまう気なのだ。

三〇分。たった三〇分しか、もう残されていない。そのわずかな時間で赤い霧を消すことができなければ——。

「……ヨコハマが焼かれる」

安吾の茫然《ぼうぜん》とした声が、通信室に落ちる。

誰も、何も、答えられない。

猥雑《わいざつ》な機械音だけが鳴り続けていた。

6—2

風が吹《ふ》きすさぶ。赤い霧が渦巻《うずま》く地上に、砂塵《さじん》が舞《ま》う。

崩壊《ほうかい》した骸砦の跡地《あとち》に、赤い結晶《けっしょう》を額に輝《かがや》かせた澁澤龍彦が恍惚《こうこつ》とした笑《え》みを浮かべて立っている。割れた硝子片《ガラスへん》が月光にきらめいた。

無造作な足音を立てて、澁澤のもとに近付いてくる人影がある。

「澁澤龍彦だな？」研いだ刃《やいば》のように鋭《するど》い声で問うたのは芥川だ。澁澤の応《いら》えを待たず、芥川は羅生門を呼び出す。「天魔纏鎧《てんまてんがい》——！」

宣言とともに黒布が舞い、芥川の四肢《しし》を、全身を、覆い隠《かく》す。羅生門を刃として使役《しえき》するのではなく、自らの体に纏《まと》わせる。時間制限がつくものの、芥川にとって最強と云《い》える姿だった。

「ほう？」芥川の姿を視認《しにん》した澁澤が、興味深そうに瞳《ひとみ》を輝かせる。「君達も異能者か。この霧の中で、生き残っている者がまだいたとは」

「〝君達〟？」

澁澤の言葉に引っ掛《か》かりを覚え、芥川がどういう意味か、と視線をめぐらせれば、すぐ後ろに鏡花が立っていた。

佇《たたず》む鏡花の姿に、芥川はかすかに眉《まゆ》を寄せる。「なぜ来た？」

鏡花は芥川の視線に怯《おび》えるそぶりすら見せず、淡々《たんたん》と答える。「私は、あの人に光の世界にいてほしいだけ」

鏡花の言葉には一切《いっさい》の虚飾《きょしょく》がない。どこまでも純粋《じゅんすい》な思いを口にして、覚悟《かくご》を決めた目を向ける。

「あの男は私がやる……」澁澤を睨《にら》み据《す》え、鏡花が呼ぶ。「夜叉白雪！」

鏡花の呼び声にこたえ、夜叉《やしゃ》が具現化する。刀が空間を斬《き》り払い、圧倒《あっとう》する。

芥川と鏡花。羅生門と夜叉白雪。二人が持つ二つの異能を見た澁澤は、虎《とら》の爪痕《つめあと》が残る顔に喜色をあらわにした。「素晴《すば》らしい……。自分の異能を取り戻《もど》す者が、二人もいたとは！」

無邪気《むじゃき》ささえ感じさせるほどの稚気《ちき》を滲《にじ》ませながら笑う澁澤に、鏡花が目じりを吊《つ》り上げた。

「異能を取り戻すのは私達だけじゃない」

断言する鏡花に、澁澤が目を細める。実際、鏡花には確信があった。

このヨコハマの能力者達が、そう容易《たやす》く屈服《くっぷく》するはずない、と。

霧《きり》に閉《と》ざされた街で、ポートマフィアの首領である森鷗外《もりおうがい》は、誰《だれ》にともなく呟《つぶや》いていた。

「ついにこの段階にきてしまったか……」鷗外が見つめるのは、空を覆う赤い霧。「どうする心算《つもり》なのかね、太宰君」

云いながらも、鷗外の口調にはたいして真剣味《しんけんみ》が感じられない。まるで茶菓子《ちゃがし》の内容でも考えているかのような気軽さだった。「ま、私は人の心配をしている場合じゃないのだが」

吐息《といき》とともに鷗外は数本のメスを手に構える。

霧の向こうから、愛らしい外見をした少女が鷗外に飛びかかってきた。

「うっ……エリスちゃん」

「大好きよ、リンタロウ」怯《ひる》む鷗外に、エリスは迷いなく蹴《け》りを打ち込む。エリスの額には、赤い結晶体が光っていた。

鷗外の体が蹴り飛ばされ、激しく回転する。

「贋物《にせもの》でも可愛《かわい》すぎるよ、エリスちゃん！　私には斬り刻めない」傍《そば》で聞けばふざけているようにも聞こえる本心を呟きながら、鷗外はエリスが巨大《きょだい》な注射器を生み出す姿を見る。「さて、この場合の最適解は……」

云いかけて、ふと近くから聞こえてくる金属音に気付いた。

刃が擦《こす》れる剣戟《けんげき》の音。そのリズムを鷗外は知っている。

戦いの主を半ば以上想定して見てみれば、思った通りに、すぐそばで武装探偵《たんてい》社の社長が自らの異能と戦っていた。

二人の福沢諭吉が、刀を手にして向き合っている。

凄絶《せいぜつ》な剣技は舞《まい》にも似て、目で追うのが限界だ。

刀を手にした福沢が、荒《あら》い呼吸のもと、呟いた。「……己《おのれ》と同じ技倆《ぎりよう》を持つ剣士か。稽古《けいこ》ならら申し分ない相手だが……」

「私はより完璧《かんぺき》な心を有している」結晶体を持つ福沢が、平淡《へいたん》な声で告げる。「貴公、腕《うで》は天下無双《むそう》かもしれぬが、生真面目《きまじめ》すぎる太刀筋《たちすじ》だ。まるで狡猾《こうかつ》さを知らぬその剣では、この私には勝てぬ」

「……！」

己から分離《ぶんり》した異能でありながら、堂々と講釈《こうしやく》を垂れる姿に、福沢は下瞼《したまぶた》を持ち上げる。

険しい顔をする福沢に、鷗外が声をかけた。

鷗外に気付いた福沢が、ちらりと視線を向ける。「奇遇《きぐう》だな、森医師《せんせい》」

「なにかトラブルですかな、福沢殿《どの》？」

いかにも腹案のある顔で鷗外が近付く。それを見て、福沢はすべてを呑《の》み込むように頷《うなず》いた。

「その解決策の糸口が、いま垣間見《かいまみ》えたところだ」

「それは重畳《ちようじよう》。やはりこういう時は、日ごろの行いが物を云うのでしょうな」

背中合わせになって、言外に意図をやりとりする。互《たが》いに、互いが求めるものが何かは察していた。

注射器を持ったエリスが鷗外に襲《おそ》い掛かり、福沢の異能が刀を閃《ひらめ》かせる。

瞬間《しゅんかん》、福沢と鷗外は互いの体を入れ替《か》えた。

福沢がエリスの額にある結晶体を刀で斬り、鷗外が投擲《とうてき》したメスを目くらましにして拳銃《けんじゅう》で異能の結晶体を撃《う》ち抜《ぬ》く。

エリスを攻撃《こうげき》できる福沢と、狡猾な手段がとれる鷗外。お互い、相性《あいしょう》の良い敵と交換《こうかん》したというわけだ。

「得物はメスだけではないのか……」拳銃を使った鷗外に、福沢が背を向ける。「次からは用心しよう」

異能を始末するや否《いな》や、すぐさま去っていく福沢の姿に、鷗外が皮肉めいた笑みを浮《う》かべる。

「可愛い子でも容赦《ようしゃ》なく、か……孤剣士・銀狼《ぎんろう》はやはり罪深い」

「あれはただのあやかしだ」福沢が即座《そくざ》に鷗外の言葉を切って捨てる。

福沢が云いおえた時には、鷗外の前に愛らしい少女が現れていた。「こらリンタロウ、私をほっといてなに遊んでる！」

頬《ほお》をふくらませ、むくれるエリスの額には、もう赤い結晶体は無い。

「ああ……本物のエリスちゃんだ」鷗外が情けない笑みを浮かべた。

「いずれにしろ、あやかしに思えるがな」呟きを落としつつ、福沢は足を進める。

自分の異能を打倒《だとう》した二人のもとに、それぞれの異能が帰ってきているのは明らかだった。

6—3

ヨコハマ各地で戦いが行われているのと同様に、龍《りゅう》の力を持つ澁澤に、芥川と鏡花は二人で立ち向かっていた。

廃墟《はいきょ》と化したヨコハマ租界《そかい》で、羅生門を纏《まと》った芥川が超高速《ちょうこうそく》で駆《か》ける。速度と羅生門の力も加わって、振《ふ》りぬいた拳《こぶし》が風を切った。重い拳。しかし澁澤は一歩も動かない。

芥川の拳が、澁澤の体を通り抜けた。

実体が無い。

「⁉」映像を殴《なぐ》ったような感覚に、芥川が目を瞠《みは》る。

悠々《ゆうゆう》とした態度で、澁澤が可笑《おか》しそうに云った。「私は既《すで》に死を通過している……既に死んでいる者を、どうやって殺す？」言葉とともに、澁澤が芥川を蹴り上げた。

澁澤の蹴りに、芥川が吹《ふ》き飛ばされる。

芥川は澁澤に触《ふ》れられないというのに、澁澤からの攻撃は当たるのだ。澁澤という男は、理《り》不尽《ふじん》な存在になりはてていた。

蹴り飛ばされた芥川は、羅生門の力を借りて体勢を立て直す。「この魍魎《もうりょう》め……」

睨み据えても、澁澤には効きもしない。

芥川に代わって、今度は夜叉白雪が刀を構えて飛び出した。姿勢を低くして澁澤に向かって駆け出す。

澁澤もまた、燃え滾《たぎ》る瞳を輝《かがや》かせて駆け出した。

夜叉白雪と澁澤とが激突《げきとつ》する。

白刃《はくじん》が空気を掠《かす》め、澁澤の手で叩《たた》き折られる。

力も異能も、澁澤には敵《かな》わない。それでも、芥川にも鏡花にも、諦《あきら》めるという選択肢《せんたくし》は存在しなかった。

6—4

石造りの牢獄《ろうごく》にも似た部屋で、敦はぼんやりとしていた。

〝私を殺して生命力を証明してみせた君の魂《たましい》を……さあ、その輝きを見せてくれ〟

そう高らかに告げて、澁澤は記憶《きおく》の部屋から姿を消した。

残されたのは敦一人だ。

「生命の輝き?」

ぽつりと澁澤の言葉を繰《く》り返す。

「生命の輝きってなんだよ……僕に生命の輝きなんてない。霧のせいで虎《とら》が離《はな》れた時だって、内心ほっとしたくらいなんだ。これで周りを傷つけずに済む、って……。怖《こわ》い虎と僕は別の生き物だと証明された、って……」

けれど。

敦の目には、六年前の痕跡《こんせき》が映っている。

澁澤を手に掛《か》けた過去。そしてまた、澁澤に殺されかけて、生き延びた過去だった。

兇暴《きょうぼう》な爪《つめ》を持つ虎はおそろしい。それは間違《まちが》いない。

「でも」敦は静かに呟《つぶや》く。「……虎は昔、僕の命を助けた……」

不意に、敦の前から六年前の景色が消え、かわりに道が現れた。

道は暗闇《くらやみ》に覆《おお》われており、先になにが待っているのか判《わか》らない。

——それでも。

ぐっと唇《くちびる》を嚙《か》み、敦は足を踏《ふ》み出す。

ここに留《とど》まっているより、暗闇を進むほうがましに思えた。

どこかから、虎の唸《うな》り声が聞こえてくる。なぜか今は、それが当然のことに思えた。

「どんなに歩いても、どんなに逃《に》げても虎はついてくる……」

虎が描《えが》かれた白い扉《とびら》を開けた時からだろうか。それとも、もっと前からか。

異能が消えてからも、ずっと虎は敦を追いかけてきていた。赤い結晶《けつしよう》体をつけた虎を倒《たお》して
からも、呼び出せなくとも傍に居た気がする。

昔は虎が自分のなかにいることが怖かった。おそろしかった。けれど、と、敦は思う。

虎は本当に、おそろしいだけの存在なのだろうか。

——ちがう。多分、いや、きっと、おそろしいだけではないのだ。おそろしさも心強さもふ
くめて、虎は、僕のなかの一部だから。

「心臓の鼓動《こどう》から逃げられないのと同じ……お前は僕の生きようとする力だから」

顔をあげて、暗闇を観《み》る。虎の咆哮《ほうこう》が近付いてくる。

「今ならお前の声がよく聞こえるよ。お前の言葉がよく判るよ」

自分のなかの虎に呼びかけて、敦は走り出す。急《せ》かすように、虎が鳴く。

敦の瞳《ひとみ》に、光が灯《とも》る。「ああ、判ってるさ！　皆《みんな》の命が燃えてる！」

失った記憶に怯《おび》えて自分の一部に振り回される気は、もう無い。

「同じ言葉をお前に返すよ。ぼやぼやしてると置いてくぞ」自分の一部を従えるように告げ、
その名を呼ぶ。その存在を呼ばう。「――――来い、白虎《びゃっこ》！」

求める敦の手に応《こた》えて、虎がその身を躍《おど》らせる。

皓《しろ》い月光に猛虎《もうこ》が吼《ほ》えた。

6―5

「……っ」

澁澤によって、芥川の体が地面に打ち付けられる。与《あた》えられた衝撃《しょうげき》は激しく、摩耗《まもう》しきったかのように黒布でできた鎧《よろい》が淡《あわ》い光を放ち、その姿を解いた。天魔纏鎧が限界を迎《むか》えたのだ。

羅生門は黒外套《がいとう》に戻《もど》り、倒れ伏《ふ》した芥川の身を包む。

澁澤が、羅生門ごと芥川の心臓を貫《つらぬ》こうとした。

その手が振りぬかれる前に、夜叉白雪が澁澤に斬《き》りかかる。

しかし澁澤は慌《あわ》てることなく、もとより予想していたように夜叉白雪の刃《やいば》を撥《は》ね飛ばす。さらに反動を利用して、素早《すばや》く芥川を蹴《け》り上げた。

強烈《きょうれつ》な蹴りに吹き飛ばされ、芥川は瓦礫《がれき》に激突する。力を使いきった羅生門は、ろくに芥川を守ることもできない。コンクリートに叩きつけられ、粉塵《ふんじん》が舞《ま》った。

芥川の全身に、引きちぎれるような痛みが走る。打撲《だぼく》、骨折、内臓損傷。あらゆる痛みが混ざり、芥川は呼吸さえまともにできない。

芥川を蹴り上げるという大きな動きをした澁澤の隙《すき》を狙《ねら》って刃を振るった夜叉白雪も同様だ

った。隙はあえて作られたものであり、夜叉白雪をおびきよせる罠《わな》だった。

向かっていった夜叉白雪の刀が受けとめられ、容赦のない速さで拳がとんでくる。

芥川と反対の方向に、夜叉白雪が殴り飛ばされた。わずかに残っていた周囲のビルに夜叉白雪がぶつかり、落ちて来た瓦礫で生き埋《う》めにされる。

澁澤の前に残されたのは、鏡花一人だ。

「君達の生命の輝き……たしかに受け取った」澁澤が身構える鏡花に襲《おそ》い掛かる。「あとは私の蒐集品《しゅうしゅうひん》として生きるがいい……」

「っ！」

澁澤は自らの爪を変形させ、ナイフのように伸《の》ばす。

鋭《するど》く伸びた五本の爪が、鏡花に振り下ろされようとした時。

何処《どこ》かから、青白い閃光《せんこう》が降ってきた。

近付く気配に澁澤が反応する。

だが澁澤が身構える前に、閃光は澁澤にぶつかり轟音《ごうおん》をあげた。

衝撃波が走り、地面が抉《えぐ》れる。爆風《ばくふう》にも似た強い風を受け、鏡花は咄嗟《とっさ》に目を瞑《つぶ》る。

土煙《つちけむり》がおさまり、ようやく目を開けた鏡花が見たのは、しなやかで逞《たくま》しい白い獣《けもの》の影《かげ》だった。

どうして、と、鏡花は驚《おどろ》きで言葉を失う。

直撃に耐《た》え、一旦距離《いったんきより》をとった澁澤が唇を歪《ゆが》めた。

「〝龍虎《りゅうこ》〟とは、よく云《い》ったものだ」妙《みょう》に楽しそうな顔をして澁澤は語りかける。

「君の存在を私に告げた露西亜人は云った。龍が異能の持つ混沌《こんとん》本来の姿だ、と。ならば——」澁澤が獣を眇《すが》め見る。「白虎を纏《まと》う君は、すべての異能に抗《あらが》う者だな」

獣の影が蒼《あお》く光り、人の姿をかたちどる。

虎から人へとすがたを変えた敦が、澁澤の前に立ちふさがっていた。

敦の姿に、瓦礫から身を起こしていた芥川が小さく舌打ちする。「人虎め、ようやくか」

鏡花はなぜか、どこか寂《さみ》しげに敦を見る。

澁澤、芥川、鏡花。それぞれが、それぞれの表情を浮《う》かべながらも、見詰《みつ》める相手は同じだった。

三人の視線を集めながら、敦は半人半虎の姿で澁澤だけを見据《みす》える。

敦の体の傷は、虎の能力によって既《すで》に癒《い》えている。虎の爪を構えた。

「また私を殺すのかね」澁澤が云う。「中島敦君」

〝また〟という言葉に、鏡花が肩《かた》を揺《ゆ》らし、芥川が微《かす》かに目を細める。

だが、敦自身は動揺《どうよう》を見せない。罪を負う覚悟《かくご》は、すでに終えている。

「あるべきものをあるべき場所に戻すだけだ」言葉とともに、敦が跳躍《ちょうやく》した。凄《すさ》まじい速度で飛びかかり、澁澤を殴《なぐ》りつける。

「勘違《かんちが》いするな」澁澤が囁《ささや》く。「責めてなどいない」

敦が澁澤の腹を強打する。虎の力で放たれた拳《こぶし》に、澁澤の体が吹《ふ》き飛んだ。芥川を相手どった時のように、相手の攻撃《こうげき》を透過《とうか》させる暇《ひま》もない。澁澤を受けとめた地面が陥没《かんぼつ》する。

「これだよ、これ……」歓喜《かんき》の声をあげながら、澁澤が立ち上がった。

もとより、一撃で倒れるとは敦も思っていない。追撃をかけるため、空いた距離《きょり》を詰める。

駆《か》ける敦に、澁澤が迎撃《げいげき》の構えをとる。さきほど敦が与えた損傷などないかのように、笑《え》みを浮かべて叫《さけ》んだ。「やはり君は特別だ！」

互《たが》いの腕《うで》が交差し、殴打《おうだ》の音が響《ひび》く。

敦の拳が澁澤の顔面にめり込んだ。

「ははは！　もはや退屈《たいくつ》とは無縁《むえん》だ！」澁澤が哄笑《こうしょう》をあげる。殴りつけた敦の腕をつかまえた。

「私はついに生きる意味を理解したぞ！」

「……っ」

敦は澁澤の手を振《ふ》り払《はら》おうとするが、それよりも早く、澁澤に蹴りを打ち込まれた。

膝蹴《ひざげ》りが敦に命中し、鈍《にぶ》い痛みが走る。威力《いりょく》を受けとめきれず、後ろに弾《はじ》き飛ばされた。

地面が削《けず》られ、土煙があがる。

澁澤に蹴り飛ばされた敦を見て、芥川が苛立《いらだ》たしげに歯嚙《はが》みした。

「羅生門！」立ち上がり、澁澤を睨《にら》む。芥川の外套が蠢《うごめ》き、獣の顎《あご》を持つ黒帯が放射状に射出された。幾筋《いくすじ》もの黒獣の帯が澁澤を襲う。

澁澤が嗤《わら》った。「無意味だ」

襲い掛《か》かった黒い帯を、澁澤は両手で摑《つか》む。そのまま、力任せに引き寄せた。

「!?」

芥川が目を剝《む》く。だが、もう遅《おそ》い。

羅生門は澁澤に捕《と》らえられ、逃《に》げられない。摑まれた黒帯を伸ばし、ふたたび澁澤を襲わせるが、澁澤はすべて跳ね返し、摑んだ黒帯を鞭《むち》のようにしならせて芥川を振り回す。

羅生門を操《あやつ》る芥川の力は、澁澤の力に負けてしまう。

「君は脆《もろ》い」澁澤が嘲《あざけ》りを口にした。同時に、腕を大きく振り下ろす。黒帯の先にいた芥川が、地面に叩《たた》きつけられた。

彼方《かなた》に吹き飛ばされた芥川の体が、地面にぶつかり、繰《く》り返し跳ねる。

「夜叉！」鏡花が叫び、夜叉白雪が澁澤に斬りかかった。豪速《ごうそく》で刀を打ち下ろす。

「繰り返しても同じことだよ」澁澤は冷たく告げる。

キン！　と硬質《こうしつ》な音が響いた。

夜叉白雪の刀は、澁澤の腕に受けとめられている。夜叉白雪がすぐさま刀を引き、続けて幾撃も斬りつける。白刃《はくじん》が閃《ひらめ》き、風切り音が遅《おく》れて鳴る。

だが、澁澤には刃が届かない。

「私の云った通りだろう？」残酷《ざんこく》な笑みで澁澤は云う。

澁澤が鋭く伸ばした爪《つめ》を振り上げる。目線は夜叉白雪ではなく、その奥にいる鏡花に向けられていた。

強張《こわば》る鏡花を、夜叉白雪が庇《かば》う。

爪撃《そうげき》が走った。

夜叉白雪が斬り裂《さ》かれ、夜叉白雪の背後にいた鏡花も撥ね飛ばされる。

「白雪！」鏡花が悲痛な声をあげる。澁澤に斬られ、夜叉白雪の姿が千切れて消える。まるで消失してしまったかのように。「そんな——！」

後ろに吹き飛ばされながら、鏡花は絶望に目を大きく見開く。

鏡花の体がビルの残骸《ざんがい》に叩きつけられる。

「……っ」

咄嗟に鏡花は衝撃に備える。けれど、いつまで経《た》っても痛みは来ない。代わりに鏡花が感じたのは、自分を抱《だ》きとめる腕だった。

鏡花を抱きとめたのは、敦。

敦は澁澤に蹴り飛ばされ、地面に倒《たお》れ伏していたが、鏡花の危機に気付いて必死に駆け戻ってきたのだ。

――間に合って良かった。

鏡花を抱きとめながら、敦は肩で息を吐《は》く。

澁澤の爪撃を止めるには時間が足りなかった。だからせめて、吹き飛ばされた鏡花を抱きしめ、衝撃《しょうげき》を代わりに受けとめたのだ。

壊《こわ》れかけていたビルが、敦の背後で崩《くず》れ落ちる。

敦は澁澤を睨みつけ、思考を巡《めぐ》らせる。

澁澤は強い。まさに、人あらざる力を持っている。敦も芥川も鏡花も、澁澤には勝てない。ならば、どうするか。

「……三人で力を合わせないと、僕らの居場所を守れない」決意を込めて、敦は呟《つぶや》く。

「！」

驚く鏡花に目を合わせ、敦は問いかけた。「もう一度、夜叉白雪を呼べるね？」

「…………」

鏡花が、慄《おのの》くように瞳《ひとみ》を揺らした。

「鏡花、人虎《じんこ》」芥川が二人を呼ぶ。ふらつく足取りで立ち上がり、芥川は敦と鏡花を見据えた。

「判《わか》っているな……何をすべきか」

敦が頷《うなず》く。「ああ、判ってるさ」きっぱりと芥川に告げ、改めて澁澤と対峙《たいじ》した。

「鏡花ちゃん」ずっと引っ張ってくれていた鏡花を、今は敦が背中に庇う。澁澤と向かい合ったまま、敦は力強く囁いた。「君の嫌《きら》いたくなかった夜叉白雪は、君の言葉に必ず応《こた》える」

確信をもって告げた敦の言葉に、鏡花がはっと顔を上げた気配があった。

鏡花の様子を背中で感じとり、敦は走り出す。大切なものを守るため、雄叫《おたけ》びをあげて澁澤に爪を立てる。

澁澤が赤い瞳を細めた。「その青さも美しい」

激突《げきとつ》。

敦と澁澤が、ふたたび対決する。

斬撃《ざんげき》を繰り出し、拳を避《よ》け、体を捌《さば》き、隙《すき》を狙《ねら》う。

二人の力は拮抗《きっこう》していて、他者は容易《たやす》く割り込めない。

それでも、このままなら、きっと先ほどまでと同じように敦が不利になるだろう。

現に、敦の爪は避けられ、澁澤の拳が敦に当たりはじめている。

先ほどのように吹き飛ばされないよう、敦は脚《あし》に力を込め、必死に耐えている。

それが判るから、鏡花は強く手を握《にぎ》りしめる。手のなかには、古い携帯電話《けいたいでんわ》があった。

意を決して、鏡花は喉《のど》を震《ふる》わせる。

その声で、呼びかける。

「――――夜叉白雪!!」

敦にとどめをさそうと上空に浮かび上がった澁澤の背後に、夜叉白雪が降りたった。

霧《きり》のなかに花弁が舞《ま》う。美しい着物が風にゆらめく。

澁澤が振り返る隙も与《あた》えない。

夜叉白雪の刃《やいば》が、澁澤の胸を貫《つらぬ》いた。

「！」夜叉白雪の刀によって、澁澤は地面に磔《はりつけ》にされる。

すかさず、敦が叫んだ。「芥川！」

「僕《やつがれ》に命じるな！」芥川が怒鳴《どな》り返しながらも、黒布を騒《ざわ》めかせる。

芥川の背から数十本の黒刃《こくじん》が繰り出され、大地を穿《うが》ち、磔にされた澁澤のもとへと向かう。

黒刃の奔流《ほんりゅう》は籠《かご》となり、澁澤を閉じ込めようとする。

籠が閉じる直前、駆けた敦が滑《すべ》り込んだ。

「もう逃がさない」籠のなかで、敦は澁澤に告げる。振りかぶった拳で、澁澤を撃《う》ち抜《ぬ》く。

「うおおおおお！」

激震《げきしん》が走る。激情を飛ばす。

衝撃が拳に伝わり、澁澤が吹き飛ぶ。

何度でも、何度でも。敦はくり返し拳を振るい、爪を突《つ》き立てる。

骨が砕《くだ》け、澁澤の口の端《はし》から血がにじむ。

のたうちまわりながら、澁澤が笑い声をあげた。「これだ……これだよ」

澁澤が距離を詰め、敦の顎を蹴《け》り上げる。

「！」敦の脳が揺《ゆ》らされ、目眩《めまい》が起こった。

「死して尚《なお》感じるこの歓喜……」ふらついた敦に、澁澤が叫ぶ。「君にも伝わるかい⁉」

澁澤の額にある角のような結晶《けっしょう》体が、強く輝いた。

赤い光が結晶体から放たれ、光線となって羅生門の檻《おり》を破る。

漆黒《しっこく》の檻から生まれた鮮《あざ》やかな光は、世界を赤く染め上げる。

衝撃波が生じ、檻の外にいた芥川と鏡花までをも圧倒《あっとう》する。吹《ふ》き飛ばされないよう、地面に摑まっているのが精々だ。

気付けば、あたりの赤い霧を集めた澁澤が、敦と自身を赤い光球で覆《おお》っていた。

今度は澁澤が敦を逃がさないとでも云《い》うかのように。

「すべての異能に抗《あらが》うその輝きを、今一度、私に見せてくれ！」

澁澤の結晶体が、ふたたび赤く輝く。

強い強い赤光《しゃっこう》。

光を浴びせられ、敦の体がゆっくりとかたちを変えられる。

強靭《きょうじん》なバネが消え、白い毛並みに覆われた力強い手足が元に戻《もど》り、鋭《するど》い爪が消え失《う》せる。

虎《とら》の力が消えて行く。

かわりに敦の体から浮《う》かび上がるのは、青白い異能結晶体だ。

「さあ！　その異能を、私に！」澁澤が結晶に手をのばした。

──奪《うば》われる。

六年前と同じだった。激痛が敦を襲《おそ》い、喪失感《そうしつかん》に蝕《むしば》まれる。

だけど、渡《わた》すわけにはいかない！

「美しい……」澁澤が感嘆《かんたん》の声をあげる。「これこそ最高の異能力だ」

「ちがう！」敦が大声で叫《さけ》んだ。魂《たましい》をこめて宣言する。

「それは異能力じゃない、僕自身だ！」

全力で抗い、必死に手をのばす。

敦の手が、青白い異能結晶体を摑《つか》んだ。

「！」

手のひらから、熱が伝わる。奪われかけた力が全身に戻ってくる。

蒼《あお》い光は敦を包み、ふたたび白虎《びゃっこ》を宿らせる。

爪が伸《の》び、獣毛《じゅうもう》に覆われ、虎の力があふれてくる。体に馴染《なじ》んだ白虎の力。

敦はそのまま、澁澤の頭を両手で叩《たた》きつぶそうとする。

澁澤の両手が敦を阻《はば》み、互《たが》いの腕《うで》を摑みあった。

「く……っ」

互いの力が、せめぎあう。筋肉が悲鳴を上げ、腕が軋《きし》んだ。

限界の力を出し合い、組み合った手が小刻みに震える。

至近距離《きょり》にある澁澤の顔を、敦は強く睨《にら》みつける。

「……今、すべてを理解した」敦とおなじように必死な顔で、澁澤が呟いた。「君がここにいることも、君が私の前に現れた理由も、そして彼の言葉の真意も」

気魄《きはく》が圧力となって霧を渦巻《うずま》かせる。

敦の瞳は澁澤だけを見据《みす》えている。

罅《ひび》が入るように、澁澤を侵蝕《しんしょく》する影《かげ》があった。

「君が……」黒い影に侵《おか》されながら、澁澤は笑う。

「君が、私を救済する天使か——……」

ああ、と声をあげた澁澤の顔の傷が内側から輝いた。

ぼろぼろと澁澤の体が崩れていき、影に呑《の》み込まれる。

美しい容貌《ようぼう》も、白い膚《はだ》も、何もかもが消失する。

長い白髪《はくはつ》の一筋さえも残らない。

すべてが光と影に溶《と》けてしまう。

敦の手に残ったのは、髑髏《どくろ》だけだ。

虎の爪痕《つめあと》がついた髑髏。六年も前に死んだ男の、ただの骨にすぎない。

だが、敦は力を緩《ゆる》めない。

すべての矛盾《むじゅん》をかき消すように。過去を過去に返すように。敦は髑髏を握りつぶす。二度と、こんなことが起きないように。

骨が砕ける。髑髏が毀《こわ》れる。

一片《いっぺん》も許さず、粉砕《ふんさい》される。

すりつぶされた髑髏が、ついには光の粒子《りゅうし》となった。

燐光《りんこう》が走り、敦の手から蒼い光が生まれる。

光は敦を中心に広がり、澁澤のつくった霧を呑み込んでいく。

毒々しい赤い霧が消え、夜明け前のヨコハマに蒼い光が広がっていく。

すべてを浄化《じょうか》するような、美しい光だった。

光がすべての赤い霧を消し終わったころには、闇《やみ》が薄《うす》くなっていた。

空を見ると、東のほうが白みはじめている。

——長かった夜が終わり、朝日が昇《のぼ》ろうとしていた。

手のなかから生まれた蒼い光を見届け、敦はそっと地上に降り立つ。

ほっと息をつき、心配そうな鏡花に微笑《ほほえ》みかけた。強張《こわば》っていた鏡花の表情が、ゆっくりと和《やわ》らいでいく。何も云わず去っていく芥川の背が、視界の端《はし》に見えた。

「——特異点、および霧の消失を確認《かくにん》」

異能特務課の通信室で、青木の震《ふる》える声が響《ひび》く。

一瞬《いっしゅん》の沈黙《ちんもく》のあと、わっと全員が歓声《かんせい》をあげた。

安吾もまた、思わず安堵《あんど》の吐息《といき》を漏《も》らす。体から力が抜け、椅子《いす》に座り込んだ。

ほっとしたようなオペレーターの声が、時計塔《とう》の従騎士《きし》が作戦の中止を連絡《れんらく》してきました——

——と告げた。

同日、同時刻。

重厚《じゅうこう》で伝統的な家具に囲まれ、繊細《せんさい》な刺繍《ししゅう》の施《ほどこ》されたソファに腰掛《こしか》けた女が、報告を受けて「残念」と呟《つぶや》いた。優雅《ゆうが》な手つきで白磁のティーカップを持ち上げる。

「国が焼ける匂《にお》いは紅茶に合いますのに」

落ち着いた声音《こわね》でアガサは囁《ささや》く。

涼《すず》やかな眼差《まなざ》しが、そっと琥珀色《こはくいろ》の水面に落とされた。


霧《きり》の払《はら》われたヨコハマを、ゆっくりと朝日が照らしていく。

廃墟《はいきょ》のようになっていたビル街に、大量の車が停《と》まった道路に、静まり返っていたファーストフード店に、人の姿が戻っている。

そして骸砦の跡地《あとち》では、黒外套《がいとう》を着た短軀《たんく》の人物が、何かを探すように彷徨《さまよ》っていた。敦達のもとを無言で去っていった芥川だ。

芥川に、瓦礫《がれき》の陰《かげ》から声がかけられる。

「こんなとこで何してやがる？」

乱暴な口ぶりに芥川が目を向けると、そこには座り込む中也の姿がある。

芥川の知らないうちに相当な無茶《むちゃ》をしたらしく、トレードマークの帽子《ぼうし》が見当たらない。

おそらく、近くに落ちているのだろう。

中也は怠《だる》そうな様子を見せつつ、芥川の心を見すかしたように告げる。「太宰のポンツクなら無事だぜ」

「………」

芥川がにわかに姿勢を正し、一揖《いちゆう》した。

すぐさま去ろうとする芥川に、中也は、おい、と再度声をかける。肩《かた》貸せや。にやりと笑って、告げるのだった。


陽光とともに、澁澤の霧によって起きた異常が少しずつ戻《もど》されていく。

武装探偵《たんてい》社の入ったビルでは、江戸川乱歩がのんきに悠々《ゆうゆう》と歩いていた。

「異能を持たない僕がここに戻ったってことは、うまくいったってことだな」

社内は荒《あ》らされており、椅子や書類がそこらじゅうに転がっている。無事なのは金庫の中身くらいだ。

乱歩は金庫から駄菓子《だがし》を取り出して食べつつ、ブラインド越《ご》しに太陽を望む。

「敦もなかなかやるようになったじゃないか。え？　太宰」

ぱきん、と、駄菓子が折れる音がした。

乱歩の問いに答えるべき男は、いま、敦達に合流しようとしている。

——これですべて、終わったんだ。

鏡花とともに瓦礫の山となった骸砦を眺《なが》めながら、敦は思う。

夜闇のなかでは判《わか》りにくかったが、朝日の下で見ると、ずいぶんと街は荒涼《こうりょう》としている。あれだけのことがあったのだから、当然だろう。

だけど、もっとひどいことになる前で良かった。すくなくとも、大切な人は守ることができたのだという事実に、敦は内心でほっとする。

ふと、後ろから近付いてくる足音が聞こえた。

鏡花と二人、同時に振《ふ》り返ると、砂色の長外套を纏《まと》った太宰が歩いてきていた。

随分《ずいぶん》、久しぶりに感じられて、敦はじっと太宰の顔を見つめる。

「敦君」静かな表情で、太宰が口を開いた。「今回、私はね——」

「太宰さんはこの街を守ろうとしたんですよね？」

太宰が何かを云《い》うより早く、敦は顔を和《やわ》らげる。自然と温かい気持ちが胸からあふれてくる。

驚《おどろ》いたように、太宰が顔を複雑に歪《ゆが》めた。「私が、そんなことをするいい人間に見える？」

太宰の言葉に、敦はきょとんと目を瞬《またた》かせる。

敦からすれば瞭然《りょうぜん》だ。疑う余地もない。太宰に問われる意味さえ判らない。だから敦は、素直《すなお》にこくりと頷《うなず》いて答える。「見えますけど……」

途端《とたん》、太宰が僅《わず》かに瞠目《どうもく》した。

やがて、呆《あき》れたように、けれど優《やさ》しく苦笑《くしょう》する。

「まぁいい」呟いて、太宰はふたたび歩を進める。敦達に背中を向け、水平線の彼方《かなた》に視線を向けた。「……彼が最期《さいご》に、退屈《たいくつ》と孤独《こどく》を埋《う》められたならいいが」

「あなたはこれで本当に良かったの？」敦に尋《たず》ねてきたのは鏡花だ。

心配そうな鏡花の問いに、敦はそっと目を伏《ふ》せる。鏡花の云う意味は理解していた。

だからこそ、敦は丁寧《ていねい》に言葉を選んで紡《つむ》いでいく。

「……一度は殺した記憶《きおく》を忘れたみたいに、もう一度あの過去に蓋《ふた》をすることは、できるんじゃないかと思う。でも」言葉を切って、敦は顔を上げた。「これでいいんだ」

自分の気持ちを自分の言葉で語る敦の目には、確固たる意志の光が宿っている。

「少なくとも今は皆《みんな》と街を守れたことを誇《ほこ》りに思うし、そうやって鏡花ちゃんや皆の隣《となり》で生きていく方が……幾分《いくぶん》か素敵《すてき》だと思うから」

「………」

心配そうだった鏡花の顔が、安心したように綻《ほころ》んでいく。

肩越《かたご》しに敦達の様子をうかがっていた太宰が、そっと微笑んだ。何かを懐《なつ》かしむように、それでいて敦らしさを喜ぶように。

二人の笑《え》みがうつったように、敦の顔にも笑みが浮《う》かぶ。

そこへ、聞きなれた声が聞こえて来た。「くぉらあああああ！」

生きとったか、このトウヘンボク！　などと叫《さけ》ぶ国木田の声だ。

振り向いて見てみれば、武装探偵社の面々がそろって歩いてきていた。

何があったのか、疲《つか》れてうなだれている谷崎。手を振る国木田。元気そうな賢治。堂々とした態度の与謝野。そして、落ち着いた様子で静かに歩く福沢。

ヨコハマの明るい景色のなかで、皆の顔が眩《まぶ》しく見える。

みんなも無事だったんだ、と、ほっとして呟くと、太宰が当然さ、と返した。

「私達は〝武装〟探偵社だよ？」

余裕《よゆう》に満ち溢《あふ》れた笑みで「だろ？」と問われ——。

——敦は、満面の笑みを浮かべて頷いた。「はい！」

エピローグ

赤い霧の夜から数日が過ぎ、ヨコハマの街には平穏《へいおん》が戻りつつある。仕事に向かう社会人や楽しげな親子、笑顔をかわす学生らの声が雑踏《ざっとう》から聞こえてくる。けれど異能特務課では、いまだ事件の処理が終わっていない。

「これだけの事件が起こって一般《いっぱん》市民に被《ひ》害《がい》が出なかったのは不幸中の幸いでした」指令席で呟いた安吾は、ふと、近くのデスクに座る部下の動きが怪《あや》しいことに気付く。

部下の辻村は、勤務中であるにもかかわらず舟《ふね》をこいでいた。辻村の頭が液晶《えきしょう》画面にぶつかり、目が覚めたのか悲鳴を上げる。「ふが……いだっ！」

安吾はため息をつきつつ、手もとのファイルを広げた。「仕事してください、辻村君。まだ徹夜《てつや》四日目ですよ」

安吾の机には栄養ドリンクの空き瓶《びん》が何本も並んでいる。『DEAD APPLE報告書』と書かれたファイルが書類の山の上に置かれていた。

「無理ですよぉ、情報統制なんて……デカブツがあれだけ街を壊《こわ》したんですよ」

辻村が嘆《なげ》くが、安吾は答えない。諦《あきら》めて、眠《ねむ》い目を擦《こす》り仕事を再開する。

「……先輩《せんぱい》」辻村が安吾に顔を向けた。「結局今回の事件って、何だったんでしょうね？」

「判りません」安吾はファイルに目を落としたまま返答する。「三人の首謀者《しゅぼうしゃ》の複雑な思惑《おもわく》がからまって、未《いま》だに全体像も把握《はあく》できません。太宰君はいつもの調子ではぐらかすし、魔人《まじん》フョードルの動機など読みようがありません」

淡々《たんたん》と紡《つむ》ぐ安吾の言葉に嘘《うそ》はない。

「ですが……」言葉を止めて、安吾がファイルから視線を上げた。「もしかしたら、すべての策略や騙《だま》しあいを取り払うと、意外と根は単純な事件かもしれませんね」

「え？」辻村が首を傾《かし》げる。

「二人とも、自分に似た人間を見に来ただけ、なのかもしれません……」

安吾の脳裏《のうり》に浮かぶのは、かつての親友の姿だ。

「他人が異星人に思える程《ほど》の超人《ちょうじん》的な頭脳。それを持つ澁澤が、どう行動し、どう滅《ほろ》びるのか。あるいは……救われるのか」どこか感傷的な響《ひび》きを込めて、安吾はこぼす。「世界にたった三人きりの異星人。その隔絶《かくぜつ》と孤独……我々には想像もつきませんがね」

苦笑《くしょう》を浮かべて、安吾はごまかすように辻村を見る。

しかし、ごまかそうとした相手は、なぜか安吾の前には見当たらなかった。

さきほどまで話を真剣《しんけん》に聞いていたはずの辻村は、どこに消えたのか？

「……辻村君？」

腰《こし》を上げた安吾が見たのは、机に突《つ》っ伏《ぷ》して気持ちよさそうに熟睡《じゅくすい》する辻村の姿だった。

硝子《ガラス》張りの広く清潔な空間からは、すきとおるような青空が見えていた。

ポートマフィア首領の執務室《しつむ》。滅多《めった》な人間が入ることは許されていない部屋で、中也は凜《りん》とした立ち姿を見せる。首領、森鷗外に問いかけた。

「ボスは今回のからくりに気付いてたんですか？」

素朴《そぼく》な疑問をぶつける中也に、鷗外は鷹揚《おうよう》な答えを寄越《よこ》す。

「太宰君が単独で動いているなら君の力が必要になると思った。露払《つゆはら》いにね」

「俺は前座ってことですか」

「真打を決めるのは太宰君だ」些末《さまつ》なことのように鷗外は云う。

中也が問う。「で、その見返りは？」

鷗外の瞳《ひとみ》が鋭《するど》く光った。端的《たんてき》な言葉で告げる。「この街の秩序《ちつじょ》の奪還《だっかん》」

鷗外の言葉に、中也が洒脱《しゃだつ》な笑みを浮かべた。

「つまり、〝この街の平和〟……ってことですか」

窓の外を飛行機雲が横切る。鷗《かもめ》が飛んでいくのが見えた。

鷗外は労《いたわ》りをこめて中也に笑む。「ご苦労だったな」

「礼にはおよびません」中也が軽く云う。「ボスの命令なら仕事ですから」

小気味良い靴音《くつおと》を立てて中也は執務室を後にする。

重い扉《とびら》が閉じられ、整然とした空間がふたたび執務室に訪《おとず》れた。

飛行機雲が横切る青い空の下、フョードルはビルの屋上からヨコハマの街並みを見下ろす。きらびやかな高層ビルと、煉瓦《れんが》で造られた重厚《じゅうこう》な建築物が混在する港湾《こうわん》都市・ヨコハマ。多くの命がこの街を満たし、罪と罰《ばつ》に喘《あえ》いでいる。

「ぼくも、この街が好きになってきました……」手にしたリンゴを、フョードルが齧《かじ》る。瑞々《みずみず》しい雫《しずく》が、繊細《せんさい》な指を伝って落ちた。

「みんな次まで良い子にしてるんだよ」

誘惑《ゆうわく》めいた言葉を舌に乗せる。

彼の声が誰《だれ》に届くのかは、まだ誰にも判《わか》らない。

「判ってるな、依頼《いらい》人には粗相《そそう》のないように！」

国木田の生真面目《きまじめ》な声が武装探偵《たんてい》社の事務所に響く。太宰が面白《おもしろ》がって「国木田君は我が探偵社のお母さんだね」と茶々を入れた。簡単に挑発《ちょうはつ》された国木田が端末《たんまつ》をいじりながらも太宰に噛《か》みつく。

　太宰はあいかわらず完全自殺読本などというものを読みつつ、国木田を適当にあしらって云《い》う。「まあ、二人とも、ほどほどにね」

　国木田と太宰の声を受けて歩きだすと、社長から声をかけられた。

「……行ってこい」落ち着いた声に心強さを感じつつ視線をうごかせば、福沢の前に座る乱歩が目に入った。乱歩はいつもどおり、駄菓子《だがし》を食べつつゲームに夢中になっている。

　気にせず体を出口に向けると、事務仕事をする谷崎達と目が合った。

　穏《おだ》やかな笑《え》みを浮《う》かべる谷崎の向かいには、いつものとおりナオミがおり、植木鉢《うえきばち》を大事そうに抱《かか》える笑顔の賢治と、気怠《けだる》そうにしつつこちらを見てくれる与謝野の姿が見える。

「お気を付けて」ナオミの柔《やわ》らかい声が届けられる。

　数多《あまた》の欲望《よくぼう》が交差し、幾多《いくた》の陰謀《いんぼう》が絡《から》まりあう日々のなか。

　だからこそ、敦は鏡花とともに武装探偵社で働き続ける。

　それは敦の守るべき居場所だから。

　鏡花の手を引き、笑みを浮かべた。

「それじゃあ、行ってきます！」

End

あとがき

皆様《みなさま》お久しぶりです。原作漫画《まんが》・文豪《ぶんごう》ストレイドッグスにおける、話を考えるほう担当・朝《あさ》霧《ぎり》です。『文豪ストレイドッグス DEAD APPLE』公式ノベライズ、お楽しみ頂けましたでしょうか？

この小説は文豪ストレイドッグスにとって、たくさんの「はじめて」が詰《つ》まった物語です。はじめての劇場版。はじめての原作なしでゼロからつくられた、アニメオリジナルストーリー。そしてそのはじめてのノベライズ。そして、はじめて小説本文を、私・朝霧ではない先生（岩畑《いわはた》ヒロ先生）にご執筆《しっぴつ》いただいた作品です。

私は「はじめて」が好きです。はじめての試み、はじめての媒体《ばいたい》。最初のノベライズも、最初のドラマCD脚本《きゃくほん》も、「はじめてだからやりたい」という理由で快諾《かいだく》しました。判《わか》らない領域に手を出す、やったことのないものをやる。作家として、これほどワクワクする体験はありません（なお、作家活動以外の実生活ではアルマジロのように消極的であり、一日こたつから出てこない人間であることを申し添《そ》えておきます）。

だからこそ、はじめてだらけのこの書籍《しょせき》ができあがるまでの道のりは、おおいに楽しませて頂きました。物語の重要な骨子について岩畑ヒロ先生と打ち合わせをし、エッセンスを伝え、はじめて自分以外の人間が書く「小説・文豪ストレイドッグス」の世界を堪能《たんのう》し、どうしても必要な部分にはちょっとだけ手を加え、そして今、こうやって貴方《あなた》に物語をお見せする。岩畑ヒロ先生、難しく気を遣《つか》うであろう作品の担当快諾、そして執筆、ありがとうございました。おかげで「これぞDEAD APPLEの正統ノベライズである！」と胸を張って言えるような作品を世に出せたのではないかと思います。

さて、このDEAD APPLEという物語について、ちょっとだけ解説を。

時系列としてはアニメ24話後、つまり組合《ギルド》との戦争終結後、漫画でいうと9巻と10巻のあいだに位置するお話です。ストーリーの脚本自体はアニメ文豪ストレイドッグスチーム、五十嵐《いがらし》監督《かんとく》と脚本の榎戸《えのきど》さんが主な軸《じく》となって手がけたものですが、お話の起案からプロット展開、執筆まで、かなりの割合で朝霧が脚本協力として参加させて頂いております（DEAD APPLEというタイトルを最初に提案したのも私です）。

宿をとって合宿をして、私と監督と榎戸さん（とプロデューサーさんと編集さん）で、起きたら執筆、ご飯を食べて執筆、ああでもないこうでもないと意見を出し、フョードルはこういう奴《やつ》なんですと私が一席ぶち、皆《みな》でカップやきそばを食べ、誰《だれ》かがうつらうつらしだしたら起こさないよう小声で打ち合わせし……そのような会議を経てこの物語はできあがりました。

これもまた「はじめて」のやり方であり、大変楽しい体験でした。

この作品から逆に原作が影響《えいきょう》を受けたことも沢山《たくさん》ありましたし、これからもこの「はじめて」は、今後の仕事にずっと影響を与《あた》えていくことでしょう。

つくる側がそんな気持ちで編み上げた物語です。願わくば、読む貴方にとっても、同じように良い影響を与える作品でありますように。

最後になりましたが、本書刊行にご尽力《じんりょく》いただいた製作委員会の皆様、編集の白浜《しらはま》様、カッコいいイラストを添えて下さった銃爺《がんじぃ》様、そして何より執筆をしていただいた岩畑ヒロ様、本当にありがとうございました。

それではまた、次の「はじめて」でお目にかかりましょう。

朝霧カフカ

あとがき

はじめまして。今回、文豪《ぶんごう》ストレイドッグスの映画、「DEAD APPLE」ノベライズを書かせていただきました岩畑《いわはた》ヒロです。

もともと文ストのコミックスも小説も愛読していた自分としては、今回のノベライズ、お話をいただいた時は嬉《うれ》しいと同時にすごく緊張《きんちょう》しました。マジで編集さんに騙《だま》されてるのかと疑ったくらい。

自分で良いのかと相当悩《なや》みつつも、愛して支えつづけてきたファンの皆《みな》さまに受け入れてもらえるものにしよう！　と、気合いをいれて臨《のぞ》みました。

書かせていただけて本当に光栄です！　心から感謝しています!!

また、打ち合わせでは、なんと朝霧《あさぎり》カフカ先生から直々に沢山《たくさん》のお話を伺《うかが》うことができました！

今回の物語の背景や敦《あつし》たちの想《おも》いなど、聞けば聞くほど、朝霧先生や製作委員会の皆さんの作り込み具合や情熱に感動で……！　個人的には、これが一番の思い出です！

なので、この感動を小説版で伝えようと、伺ったお話は全部詰《つ》め込んだつもりです。

さらに、朝霧先生の監修《かんしゅう》のもと脚本《きゃくほん》を小説化したため、映画とセリフが違《ちが》うシーンもいくつかあります。映画と比べてみるのも面白《おもしろ》いかもしれません！

映画と一緒《いっしょ》に、この小説も楽しんでいただけると嬉しいです。

朝霧先生、春河《はるかわ》35先生、脚本の榎戸《えのきど》様・五十嵐《いがらし》監督《かんとく》をはじめとする製作委員会の方々、素《す》晴《ば》らしいイラストを描いてくださった銃爺《がんじい》先生、そしてこの本を手にとってくださった皆さま、あらためて、ありがとうございました！

岩畑ヒロ

Special Thanks

〈監修協力〉

原作・脚本協力　朝霧カフカ

漫画　春河35

監督　五十嵐卓哉

脚本　榎戸洋司

キャラクターデザイン・総作画監督　新井伸浩

美術監督　近藤由美子

BEANS BUNKO

「文豪ストレイドッグス DEAD APPLE（デッドアップル）」の感想をお寄せください。
おたよりのあて先
〒102-8177　東京都千代田区富士見2-13-3
株式会社KADOKAWA　角川ビーンズ文庫編集部気付
「岩畑ヒロ」先生・「銃爺」先生
また、編集部へのご意見ご希望は、同じ住所で「ビーンズ文庫編集部」
までお寄せください。

文豪《ぶんごう》ストレイドッグス　DEAD APPLE（デッドアップル）

作／文豪《ぶんごう》ストレイドッグスDA製作委員会《せいさくいいんかい》　著／岩畑《いわはた》ヒロ

角川ビーンズ文庫　20820

平成30年3月10日　初版発行
令和6年8月20日　21版発行

発行者———山下直久
発　行———株式会社KADOKAWA
〒102-8177　東京都千代田区富士見2-13-3
電話 0570-002-301（ナビダイヤル）
印刷所———株式会社暁印刷
製本所———本間製本株式会社
装幀者———micro fish

ISBN978-4-04-106535-8 C0193 定価はカバーに表示してあります。

カラーイラストや初期キャラクターデザインなど、
未公開イラストを含む約200点を
春河35のコメントと共に収録！
作品の歴史と想いが綴られた、
「文豪ストレイドッグス」絵画集！
記憶と共に綴られる
春河35初の美麗イラスト集！
文豪ストレイドッグス
楽描手帖
KADOKAWA Kadokawa Comics A B6判 発行：株式会社KADOKAWA
KADOKAWAオフィシャルサイトでもご購入いただけます→http://www.kadokawa.co.jp/

文豪ストレイドッグス
公式アンソロジー
Bungo Stray Dogs Official Anthology -Rin-
凛
はる桜菜
イサム
京一
英貴
木乃ひのき
平原明
なのら
郁島かなえ
ぴゃあ
togekinoko
作楽ロク
多沢
大地幹
かないねこ
ネコメヒコ
宮太智
oda
「文豪ストレイドッグス」公式アンソロジー第3弾!!
絶賛発売中!!
原作:朝霧カフカ
キャラクター原案:春河35
編:ヤングエース編集部
既刊も
好評発売中!
文豪ストレイドッグス
公式アンソロジー
〜麗〜
文豪ストレイドッグス
公式アンソロジー
〜華〜

「文豪ストレイドッグス」シリーズ
初の劇場版アニメ、
コミカライズ始動!!
『異能者連続自殺事件』の裏に潜む
「澁澤龍彦」
「フョードル」
そして「太宰」――。
「ヤングエースUP」にて連載!
無料オンラインマガジン
ヤングエースUP
YOUNG ACE UP
https://web-ace.jp/youngaceup/
文豪ストレイドッグス
[デッドアップル]
DEAD APPLE
1
文豪ストレイドッグス
[デッドアップル]
DEAD APPLE
漫画＝銃爺　原作＝文豪ストレイドッグスDA製作委員会
©2018 朝霧カフカ・春河35/KADOKAWA/文豪ストレイドッグスDA製作委員会
コミックス①巻　3月10日発売!!
Kadokawa Comics A　B6判／定価：(本体580円＋税)
※お近くの書店に本がない場合はKADOKAWA カスタマーサポート(TEL:0570-002-301)までお問い合わせください。
※KADOKAWAオフィシャルサイトでもご購入いただけます。→http://www.kadokawa.co.jp/
※2018年3月現在の情報です。
KADOKAWA

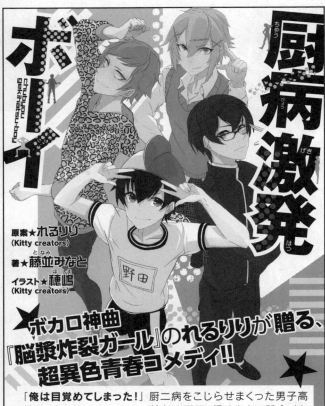

「脳漿炸裂ガール」「厨病激発ボーイ」に続く、
新たなる、れるりりワールド!!
僕がモンスターになった日
原案：れるりり
(Kitty creators)
著：時田とおる
イラスト：MW
(Kitty creators)
①②巻
大好評
発売中!!
疾斗が目を覚ますと、幼なじみの護、美少女・つかさ、生徒会長の悠弦、お調子者の功樹の姿が。共通点はゲームで『レベル99』になったこと。そこで突然モンスターに襲われ、魔王を倒すまで出られないと知り……!?
角川ビーンズ文庫

第弐巻 2018年4月1日発売予定！
小説
千本桜
壱
原案✿黒うさP／WhiteFlame
著・イラスト✿一斗まる
単行本累計
38万部
突破！
超人気
国民的ボカロ曲の文庫版
別の世界、大正一〇〇年の帝都桜京に迷い込んだ初音未來。
やがて未來はそこで出会った青音海斗らとともに妖異と戦うことに？
原曲のイラストを担当した一斗まるが贈る大正浪漫ファンタジー、ここに開幕！
大好評発売中!!
©WhiteFlame/一斗まる 2013,2018 © Crypton Future Media, INC. www.piapro.net piapro

●角川ビーンズ文庫●

TVドラマ×舞台、

詳しくは 御茶ノ水ロック 検索

そして漫画×小説まで広がる連動エンタメ!!

小説版はDICのSHOが主役！
ここでしか読めない
オリジナルストーリー

巻末に
SHO役
崎山つばさ
×
片山亮役
染谷俊之
対談を収録

『御茶ノ水ロック Track The DIE is CAST』

原作／『御茶ノ水ロック』
著／三津留ゆう カバーイラスト／七生

2018年4月1日発売予定!!!

●角川ビーンズ文庫●

角川ビーンズ小説大賞
原稿募集中！
君の"物語"がここから始まる！
角川ビーンズ
小説大賞が
パワーアップ！
https://beans.kadokawa.co.jp
詳細は公式サイトでチェック!!!
【一般部門】&【WEBテーマ部門】
賞金 大賞100万円 優秀賞30万円 他副賞
締切 3月31日 発表 9月発表(予定)
イラスト／紫　真依